MARC ORAISON
DIE ZEIT DER ALIBIS

MARC ORAISON

DIE ZEIT
DER ALIBIS

JOSEF KNECHT · FRANKFURT AM MAIN

Deutsche Übertragung von HERMANN JOSEF BORMANN
Die französische Originalausgabe ist unter dem Titel LE TEMPS DES ALIBIS
1973 bei Editions du Seuil, Paris, erschienen. © Editions du Seuil 1973

ISBN 3-7820-0293-8

1. Auflage 1973. Alle Rechte für die deutsche Ausgabe vorbehalten. Printed in
Germany. Verlag Josef Knecht – Carolusdruckerei GmbH., Frankfurt am Main.
Gesamtherstellung: Wiesbadener Graphische Betriebe GmbH, Wiesbaden

INHALT

Götterdämmerung 12
Befreiung? 15
Die wahre Frage 21
Taumel der Zeit 23
Der Fortschritt als Alibi 25
Ist das Bessere der Feind des
    Guten? (I.) 34
Ist das Bessere der Feind des
    Guten? (II.) 38
Ist das Bessere der Feind des
    Guten? (III.) 46
Der Mythos der »Gesellschaft« 51
Das Kollektiv als Alibi 59
»Leben verboten!« 71
Das Alibi der Ordnung 81
Das Alibi des Idealismus 89
Jenseits der Stratosphäre 95
Wachstum wohin? 98

Das Alibi der Revolution 104
Einführung der Psychoanalyse. 108
Zwischenmenschliche Frage
    und Gegenfrage. 111
Die Dualität der Geschlechter
    und ihre Alibis. 120
Sein oder Fortdauern? 127
Alibi der Politik und der »Religion« . . . 136
Das Schweigen der imaginären Götter . . 149

»Nein, Herr Richter, ich habe niemanden umgebracht. Das Verbrechen geschah in der Nacht vom Sechzehnten auf den Siebzehnten. An diesem Tag war ich in Courbevoie bei meinen Freunden, deren Adresse ich Ihnen gegeben habe. Sie können mich nicht des Mordes anklagen – ich war *anderswo.*

Alibi...

Es ist halb neun, und Robert ist noch nicht nach Hause gekommen. Seine Frau regt sich nicht mehr darüber auf. Sie hat sich damit abgefunden. Es geht fast jeden Tag so. O nein, Robert ist nicht betrunken, wenn er heimkommt. Er trinkt sehr wenig und ist nicht anspruchsvoll... Aber er ist so selten da. Die Mitarbeit in einer soziologisch interessierten politischen Bewegung, die sich für eine friedliche Lösung der Konflikte im Nahen Osten einsetzt, nimmt seine Zeit immer stärker in Anspruch. Von Kollegen im Büro hat seine Frau erfahren, daß er durch seinen politischen Kampf seine Arbeit immer mehr vernachlässigt... Er kümmert sich kaum noch um häusliche Dinge, so daß sich seine Frau nun doch Sorgen macht, weil langsam an allen Ecken und Enden das Geld fehlt. Oft fragen die Kinder am Abend, wo denn der Papa bleibt. In den letzten Monaten hat die Familie kaum zwei Sonntage gemeinsam verbracht.

Ohne daß Robert es weiß, erfüllt ihn nämlich seine reale Lebenssituation mit Angst. Unmerklich wird er von seiner wirklichen Verantwortung erdrückt, denn irgendwie hat er es nicht geschafft, ganz erwachsen zu werden. So begeistert er sich lieber für Probleme, die ihn zwar affektiv stark berühren, sich seinem unmittelbaren Einfluß jedoch entziehen. Er beruhigt sein Gewissen durch seinen politischen Einsatz, während er tatsächlich unfähig ist, sich ernstlich um seine Frau und seine Kinder zu kümmern. Um seine Haltung zu wahren, braucht er das aktive Engagement für die Lösung von Problemen, die ihm nicht bedrohlich nahekommen und sich seinem Einfluß entziehen. Hier wenigstens gibt es keine beängstigende Verantwortung. Robert ist nicht wirklich *bei sich,* er ist *anderswo.*

Alibi...

Eine Frau unterzieht sich einer Psychoanalyse. Sie ist Nymphomanin, und das mißfällt ihrem Gatten. Er hat ihr die Scheidung angedroht;

das aber wäre eine Katastrophe, denn sie will ihre Geborgenheit nicht verlieren und außerdem liebt sie ihren Mann. In dieser schwierigen Lage hat sie den Entschluß gefaßt, regelmäßig dreimal in der Woche zu einem Psychoanalytiker zu gehen. Damit besänftigt sie ihr Gewissen und wiegt ihren Mann in Sicherheit. Doch der Psychoanalytiker merkt nach einiger Zeit, daß es nicht vorangeht. Diese Frau kann sich nicht wirklich in Frage stellen, da ihr unbewußtes Streben eine wahrhaft tyrannische Macht auf sie ausübt.

Wenn sie beim Psychotherapeuten auf der Couch liegt, ist sie nicht ernstlich bei der Sache – sie ist *anderswo*.

Alibi...

Das nämlich bedeutet »Alibi«: anderswo sein. Diese eifervolle Flucht hat immer irgendwie mit Schuld zu tun. Tief innen hält man sich für angeklagt – entweder weil etwas geschehen ist, oder weil etwas Notwendiges, auf das der »andere« wartet, unterblieben ist.

Man flieht; man rechtfertigt sich. Man versucht auf vielerlei Weise, jene aus der Tiefe stets wieder aufbrechende Angst zu bannen, die am tiefsten das menschliche Dasein kennzeichnet: die Schuld. Manchmal muß man – vielleicht sogar vor sich selbst – den Eindruck erwecken, man sei anderswo, *während man hier gefordert wird*.

Wenn sich ein Unglück ereignet, ist es uns unerträglich, dafür keinen Schuldigen zu finden. Ein Zug entgleist in voller Fahrt; es gibt zwanzig Tote und hundertundfünfzig Verletzte. Man stellt fest, daß das Unglück durch ein Stück Eisen, das von einem früheren Zug gefallen ist und sich in einer Weiche verklemmt hat, verursacht worden ist. Nun wird eine Untersuchung durchgeführt. Jedermann will Genaueres wissen: Wie? Warum? Durch wessen Verschulden?... Wer ist dafür verantwortlich, daß das fragliche Stück herunterfallen konnte? Wer war – ohne davon zu wissen – jener Verbrecher, der zwischen den beiden Zügen nicht alle Weichen überprüft hat?... Hier geht es um Menschenwerk; schließlich hat der Mensch die Eisenbahn erfunden. (Logischerweise kann man sich fragen, ob die erste Schuld an diesem bedauerlichen Unglück nicht den Mann oder die Männer trifft, die die Eisenbahn erfunden haben...) Es ist frustrierend, um nicht zu sagen unerträglich, wenn die Untersuchung keinen Schuldigen erbringt. Es gleicht einem echten Schwindelgefühl, wenn dem Menschen irgendwie klar wird, daß er schuldig ist, ohne es zu wissen und ohne es gewollt zu haben... Dieser Widerspruch ist nicht zu ertragen.

Agadir wurde durch ein Erdbeben binnen einiger Stunden praktisch völlig vernichtet. Das Unglück war keinesfalls vorherzusehen. Jahrhundertelang war in dieser Gegend nichts Außergewöhnliches geschehen. Hier kann nicht die Rede davon sein, daß einen Menschen Schuld oder Verantwortung trifft. Gewiß, man hätte an dieser Stelle keine Stadt erbauen dürfen... Gewiß, man hätte es vorhersehen müssen... Solche Behauptungen können niemanden recht überzeugen. Hier erfahren die Menschen ihre absolute Machtlosigkeit. Darum ist es nicht verwunderlich, daß sie sich im Himmel oder sonstwo eine Götterwelt vorstellen und erwarten, von diesen Göttern für wer weiß welche Fehler mit unerklärlichem und unerträglichem Unglück bestraft zu werden. Den Schuldigen hat man dann auf seiten der Götter zu suchen.

In Oradour, Dresden und Hiroshima liegen die Dinge freilich ganz anders.

Einmal kommt der Augenblick, wo die Kraft des Alibis zu schwinden beginnt. Im Verlaufe der Ermittlungen kann der Untersuchungsrichter dem Angeklagten nachweisen, daß er sehr wohl den Mord begangen hat, der ihm zur Last gelegt wird, wenn er auch zu beweisen versucht, daß er zur Tatzeit anderswo war. Eines Tages hat Roberts Frau die Nase voll und sagt ihrem Mann alles, wozu sie bisher nie den Mut gehabt hat. Nach einigen Monaten deutet der Psychoanalytiker seiner Patientin an, daß es unter diesen Umständen keinen Zweck hat weiterzumachen.

Sucht man zu erfahren, was heutzutage der Menschheit widerfährt, so möchte man auch hier von jenem dramatischen Augenblick sprechen, da das zentrale Alibi einer Zivilisation zu zerrinnen beginnt, so daß wir bestürzt und verwirrt den Abgrund, der sich unter unseren Füßen auftut, zu verdecken und zu verhüllen suchen, um ihn nicht wahrhaben zu müssen.

Götterdämmerung

Dieser Vorgang ist nicht neu in der Geschichte. Über den Untergang so mancher Kultur, von deren Blütezeit noch die hinterlassenen Spuren Zeugnis geben, wissen wir wenig. Vom Untergang der griechisch-römischen Kultur jedoch können wir abendländischen Menschen uns schon leichter eine Vorstellung bilden. Während die sogenannten »Barbaren« in kaum bekannte Randzonen zurückgedrängt blieben, beherrschte die *Pax Romana* ein weiträumiges Gebiet rund um das Mittelmeer. Wer sie erlebte, mußte sie für unveränderlich und endgültig halten. Ein selbstbewußter und politisch engagierter Römer des ersten Jahrhunderts unserer Zeitrechnung hätte sich nicht vorzustellen vermocht, daß eines Tages Änderungen eintreten könnten, die dieses ganze Machtgebilde hinwegfegen würden. Nur wenige Jahrhunderte später jedoch waren Leute, die beispielsweise im römischen Gallien öffentliche Gebäude für religiöse oder profane Zwecke errichten wollten, nicht einmal mehr in der Lage, korrekt jene alte Architektur zu kopieren, deren Spuren sie vor Augen hatten. Gerade dadurch konnten ganz neue Kunstformen aufblühen, erst die Romanik, dann die Gotik, aber dieses Thema soll uns heute nicht weiter beschäftigen.

Unter Konstantin war das Reich offiziell »christlich« geworden. Durch die Schwerpunkte christlichen Lebens – Bischofssitze und Klöster – konnte sich im Laufe von Jahrhunderten langsam eine neue Zivilisation herausbilden. Man weiß auch, welche Verwirrung das mit sich brachte – Verwirrungen, von denen sich die moderne Welt zum Teil noch immer mühsam zu befreien versucht.

Man kann sich den Schock überzeugter, hochgebildeter Menschen vorstellen, die vom Aufbau einer Art Theokratie in den Strukturen des römischen Reiches geträumt hatten und nun sahen, wie alle ihre Träume binnen weniger Jahrzehnte im Ansturm der Barbaren untergingen. Das römische Reich erwies sich plötzlich als zerbrechliches Alibi, als Trugbild und als grundlegende Verkennung der realen Welt und ihrer Menschen.

Darüber läßt sich natürlich nur wenig sagen und nicht viel an Dokumenten beibringen. Die wirkliche Bedeutung dieser Vorgänge – vor allem im unmittelbaren Miterleben der Zeitgenossen – können wir einfach nicht ermessen. Man ist immer wieder versucht, diese dramatische Epoche abendländischer Geschichte mit unserer modernen Zeit zu vergleichen; aber dieser Vergleich darf natürlich nicht überzogen werden. Das »Weltbild« hat sich grundlegend geändert. Die Oberfläche des Erdballs ist praktisch bis in den letzten Winkel durchforscht. Nur mit verschwindend kleinen Teilen der Menschheit ist die sogenannte zivilisierte Welt bisher noch nicht in Berührung gekommen. Die Menschheit ist viel stärker zur Einheit zusammengewachsen. In gewisser Weise werden die Dinge dadurch nur noch komplizierter. Wenn unsere moderne Zivilisation sich auch nur als Alibi entpuppt, dient auch sie nur der Verschleierung der allgemeinen Angst. Selbst die Zivilisation Chinas nimmt – soweit man das wissen kann, selbstverständlich! – an dem im Westen aufgekommenen Unbehagen teil.

Im übrigen ist jede Zivilisation nur eine Seite des Ganzen, möchte aber gerne die beste sein. Insofern sie die Universalität der menschlichen Probleme verkennt und sich zur Lösung der entscheidenden Frage immer wieder unfähig erweist, wird sie zwangsläufig zum Alibi.

Den scheinheiligen Optimisten zum Trotz, die sich in der Meinung gefallen, in unserer besten aller Welten sei alles in schönster Ordnung, bildet sich, wie man seit einigen Jahren klar und deutlich miterleben kann, ein disparates, konfliktgeladenes kollektives Bewußtsein heraus, dem sich die Zivilisation, auf die wir so stolz gewesen sind, als das trügerischste und grausamste Alibi enthüllt, das eine Angst vor Schuld hinterläßt, die wir nicht verstehen und vor der wir zu fliehen versuchen.

Befreiung?

Nichts ist zweideutiger als der Begriff »Befreiung«, wenn er als Schlagwort gebraucht wird, wie es heute große Mode ist. Die Revolution soll den Menschen befreien... Die Vervollkommnung der Technik soll den Menschen befreien... Eine vernünftige Wirtschafts- und Sozialordnung soll den Menschen befreien... Das Christentum soll den Menschen befreien... Auch der »Maoismus«, falls man darunter ein einheitliches Lehrgebäude versteht... Andere erwarten die Befreiung des Menschen aus seinen augenblicklichen Mißlichkeiten von einer Rückwendung zur Tradition, aber man muß zugeben, daß sie eine verschwindende Minderheit darstellen. Fast ausnahmslos sehen die Menschen die Befreiung als etwas, das vor ihnen liegt und nicht im Rückwärtsgang erreicht wird.

Was aber heißt *Befreiung?*
1942/43 bezeichnete das Wort in Frankreich ein genau umrissenes Ziel. Die Menschen wollten unbedingt wieder zu sich selbst finden, tun und lassen können, was ihnen beliebte, und ihren alten Lebensgewohnheiten entsprechend wieder frei über ihre Zeit und ihr Geld verfügen. Sperrstunden, Beschlagnahmungen, Verschleppung, Zwangsarbeit – das alles war buchstäblich unerträglich. Man wußte, woran man sich zu halten hatte. Die Widerstandsbewegung und der heroische Freiheitskampf waren genau umrissene Größen mit einem gemeinsamen Ziel, das jedermann kannte, da es zu diesem ganz bestimmten Zeitabschnitt unserer Geschichte gehörte. Unser Land und unser nationales Erbe mußten von der Besetzung durch Hitler-Deutschland befreit werden. Es galt, sich von der beklemmenden Gegenwart eines ungebetenen Gastes zu befreien, der bei uns nichts verloren hatte. Das Ziel wurde erreicht. Wie man weiß, wurde Frankreich unter dramatischen Umständen und um den Preis von Tragödien und Opfern schließlich befreit. Die Franzosen konnten ihre Fahnen hissen und singend durch die Straßen ziehen; sie durften wieder zusammenkommen und, wenn es ihnen Spaß machte, die ganze Nacht lang feiern; wie ehedem konnten sie ihren Hühnern die Beine zusammenbinden und sie auf den Markt tragen und vieles andere mehr. In den folgenden

Monaten nannte sich alles gern »befreit«. Zeitungen, Restaurants, Kneipen, Theater, kulturelle Vereinigungen – alles war »befreit«.

Daß sich mancher Rausch und viel Blindheit in die heftigen emotionalen Reaktionen mischte, darf nicht verwundern. Doch das allgemeine Klima war von einer wirklichen Befreiung gekennzeichnet, so daß dieses Wort eine Zeitlang einen echten, verständlichen Sinn bekam. Oft und in vielfältiger Form ist schon gesagt worden, daß Frankreich *in Fesseln* gewesen ist; nun wird es von seinen Ketten befreit. Aber das ist schon Geschichte; wie jedes geschichtliche Ereignis gehört es der Vergangenheit an und stellt einen abgeschlossenen Vorgang dar. Seit 1945 ist die Befreiung Frankreichs von irgendeiner fremden militärischen Besetzung nicht mehr aktuell.

1968 bricht schlagartig wieder der Freiheitsdrang durch. Natürlich geht es jetzt um etwas ganz anderes. Die Widerstandsbewegung in den Jahren 1940 bis 1945 mit den 1968 hereingebrochenen Ereignissen gleichzusetzen, wäre eine naive Illusion oder sogar ein Stück romantisches Heimweh, das – wie alles Heimweh – leicht die Sicht verfälscht...

Wenn jemand von Befreiung spricht, geschieht dies unbestreitbar aus dem echten Empfinden, bedrängt, belästigt und unterdrückt zu sein. Dieses Gefühl ist etwas *Reales* und keine Ausgeburt einer wahnwitzigen Phantasie. Zweifellos spürt ein großer Teil unseres Volkes – in anderen Ländern gilt gewiß auch, was für Frankreich zutrifft – mehr oder weniger deutlich denselben unerklärlichen Druck und dieselbe Sehnsucht nach Befreiung. Diesmal jedoch erweist sich der Druck als bloßes Gefühl, da man keinen Grund dafür angeben kann. 1940 bis 1945 wußte man, wovon man befreit werden mußte. Heute stehen wir nicht mehr vor demselben Problem, aber der tiefe Drang nach Befreiung besteht weiter. So sucht man herauszufinden, wovon wir befreit werden müssen; hier aber schleichen sich bestimmt Illusionen und Alibis ein.

Es ist durchaus möglich, daß schwache Nationen von militärisch oder administrativ mächtigeren Nationen erneut unterdrückt werden. Dafür gibt es in unseren Tagen zahlreiche Beispiele. Für Frankreich jedoch liegt hier keine unmittelbare Gefahr. Einer kulturellen Beherrschung, die wirksamer und in gewisser Weise gefährlicher ist, kommt bestimmt eine größere Aktualität zu. Auch wenn es banal klingt, muß hier beiläufig daran erinnert werden, daß die »Amerikanisierung« wie eine Seuche um sich greift. In der heutigen Zeit braucht es gar nicht erst zu einer militärischen oder kulturellen Beherrschung durch ein anderes Volk zu kommen, um im modernen Menschen ein unerträgliches Gefühl der Unterdrückung und ein heftiges Streben nach Befreiung zu wecken. Das moderne Alibi besteht in der Weigerung anzuerkennen, daß die Menschen sich gegenseitig Ketten anlegen, so daß sich einer vom anderen befreien muß ... Dies ist wirklich eine ganz abwegige Überlegung, aber sie legt den Kern der Frage bloß und enthüllt unsere grundsätzliche Unfähigkeit, darauf eine Antwort zu finden. Deshalb wimmelt es auch von Alibis, weil wir die Härte dieser Einsicht nicht ertragen.

Mitten im menschlichen Wesen, individuell oder kollektiv verstanden, liegt ein grundlegender Widerspruch, den die Psychoanalyse eindeutig zutage gefördert hat. Das allumfassende Streben nach Liebe, das auch den Äußerungen der Führer jedweder Schattierung über Frieden und bessere Lebensbedingungen zugrundeliegt, ist seinem Wesen nach ambivalent. Es umfaßt Austausch und Vertilgung, Opfer und Besitz, Anerkennung und Zerstörung. Diese Ambivalenz ist, wenn man so sagen darf, keine Randerscheinung des menschlichen Wesens. Inzwischen haben die Entdeckungen über das unbewußte Leben des Menschen gezeigt, daß diese Ambivalenz gerade jene Dynamik des Verhaltens schafft, die den Menschen vom Tier unterscheidet. In *Das Unbehagen in der Kultur* schreibt Freud:

»Die Existenz dieser Aggressionsneigung, die wir bei uns selbst verspüren können, beim ande-

ren mit Recht voraussetzen, ist das Moment, das unser Verhältnis zum Nächsten stört...
Die Kommunisten glauben den Weg zur Erlösung vom Übel gefunden zu haben. Der Mensch ist eindeutig gut, seinem Nächsten wohlgesinnt, aber die Einrichtung des privaten Eigentums hat seine Natur verdorben. Besitz an privaten Gütern gibt dem einen die Macht und damit die Versuchung, den Nächsten zu mißhandeln... Wenn man das Privateigentum aufhebt..., werden Übelwollen und Feindseligkeit unter den Menschen verschwinden... Ich habe nichts mit der wirtschaftlichen Kritik des kommunistischen Systems zu tun... Aber seine psychologischen Voraussetzungen vermag ich als haltlose Illusion zu erkennen.«[1]
Es ist banal, hierbei nur an die »kapitalistische Gesellschaft« oder die sogenannte »Konsumgesellschaft« zu denken. Manche enthusiastischen und zugleich einfältigen Leute würden sich allem Anschein nach sogar damit zufrieden geben, wenn vollendet würde, was die Französische Revolution begonnen hat: die Ablösung der monarchischen und patriarchalischen – oder altväterlichen – Gesellschaft durch eine wirklich demokratische. Über den genauen Inhalt dieses

---

[1] Freud, Sigmund: *Das Unbehagen in der Kultur.* = Gesammelte Werke. Bd. 14. Frankfurt: S. Fischer 1948. S. 471f. (Zitiert nach der deutschen Ausgabe. Der Übersetzer.)

Begriffs wird man sich niemals einigen können... Bei dieser Gelegenheit legt sich die Frage nahe, ob der manchmal vorgetragene Traum von einer idealen Demokratie nicht gerade die naivste Ausflucht und das unbewußteste Alibi ist.

Die wahre Frage

Auch ohne auf diesem Spezialgebiet besonders beschlagen zu sein, merkt ein Durchschnittsfranzose deutlich, daß in einer Welt nie dagewesener Kontraste zwischen Macht und Elend die wirtschaftlichen Probleme immer komplizierter werden. Nicht minder deutlich zeigt sich, daß sich infolgedessen auch die sozialen Probleme zugespitzt haben. Liest man aber die widerspruchsvollen, sibyllinischen Erklärungen unzähliger Politiker jedweder Richtung, kommt man nicht umhin, hinter den Worten – bewußt oder unbewußt – eine echte Angst herauszuhören, die sich unter dem übermäßigen Wortschwall dieses »Geschwafels« zu verbergen versucht. Wohin werden die immer komplizierteren Verhältnisse, die sich jeder Kontrolle und Beherrschung entziehen, unsere Welt noch führen? Mit welcher Apokalypse wird das enden? Seit einiger Zeit scheint man sich übrigens einer gewissen Unschärfe des Denkens bewußt zu werden. Hält man sich an die kapitalistische

Ordnung als solche, wie sie für die moderne westliche Welt bezeichnend ist, dann hat man das Problem an seinen äußeren Erscheinungsformen, nicht aber an seinem Kern gepackt. Überrascht stellt man fest, daß in einer nach sozialistischem Muster organisierten Gesellschaft unterschiedliche, ja entgegengesetzte Auffassungen in gleicher Weise aufeinanderstoßen und in keiner Weise untereinander in Einklang gebracht werden können. Natürlich gibt es auch persönliche Rivalitäten... Doch etwas anderes greift noch viel tiefer. Was man über die Vorgänge in »sozialistisch« regierten Ländern erfährt, ist nicht eben sehr erfreulich und beruhigend. Aber auch die ungeheure Ungerechtigkeit des kapitalistischen Systems, die jedem wachen und anständigen Geist schier unerträglich erscheint, ist klar und deutlich anzuprangern.

Sind nicht dennoch die dialektische Spannung zwischen Kapitalismus und Sozialismus und der konfliktgeladene oder revolutionäre Zusammenstoß zwischen diesen beiden theoretischen Gesellschaftsformen mit all ihrem Drum und Dran für die Menschen unserer Zeit nur ein weitläufiges und verfeinertes Alibi?

Diese Frage wird in ganz verschiedenen Denkhorizonten aufgeworfen. Man spricht sogar gern von einer Krise oder einer »Mutation« der Zivilisation. Wenn solche großen Worte auch oft nach Unruhestiftung klingen, so suchen sie, wie es scheint, letztlich doch nur nach einer wenigstens intellektuellen Sicherheit. Die Grundfrage wird hartnäckig verdeckt; sie ist, wie man zugeben muß, allerdings auch schwindelerregend. Viel nachdrücklicher als um wirtschaftliche oder soziale Strukturen geht es heutzutage um den letzten Sinn unserer modernen abendländischen Zivilisation. Davon sind wir selbst auf dramatische Weise mitbetroffen.

Dies sind natürlich nur einige zweifellos anfechtbare Überlegungen, die leicht Ärger und Entrüstung hervorrufen können. Dennoch erscheint mir ihre Darlegung notwendig, und sei es auch nur aus intellektueller Redlichkeit.

Taumel der Zeit

Irgendwo auf der Erde mag es Landstriche geben, wo die Menschen heute noch so leben, wie ich es vor etwa zehn Jahren im Süden Marokkos gesehen habe. Ein Kamel und eine Frau bildeten das Gespann vor einem ganz primitiven Pflug; der Mann ging als Lenker hinterdrein. Die Bewegungen waren ruhig. Als ich mit Hilfe eines Dolmetschers ein wenig mit diesen Leuten sprach, war ich erstaunt über ihre tiefe Zufriedenheit. Zwar haben auch sie ihre »Probleme«, aber sie scheinen ganz und gar nicht in einen immer komplizierteren und beängstigenderen

Strudel von Fragen und Sorgen verstrickt. Ein Pariser, der vor wenigen Stunden gerade erst von Orly gestartet ist, denkt unwillkürlich und mit sehr gemischten und widersprüchlichen Gefühlen, daß diese Menschen ein erbärmliches Leben führen. Man darf aber nicht übersehen, wie vollkommen subjektiv diese Reaktion ist... Damit ist schlichtweg gesagt, daß der betreffende Pariser in einer solchen Lebenslage unglücklich wäre, nicht aber erwiesen, ob es diese Leute hier auch sind. Daher der komplexe Eindruck des Kontrastes. In der Stille dieser weiten, »unbefleckten« Räume wird man schmerzlich ergriffen. Einerseits fragt man sich, ob das Leben, das man in den sogenannten zivilisierten Ländern führt, wirklich glücklich macht; andererseits spürt man mehr oder minder undeutlich die Angst, eines Tages zu entbehren, woran man seit Generationen gewöhnt ist. Der Anblick dieser friedlichen Menschen stellt die Struktur und den menschlichen Wert unseres eigenen Lebensraumes in Frage. Man denke nur an die dumpf-ergebenen Menschenmassen in der Untergrundbahn oder den – lächerlichen, weil beschämenden – Anblick der Flugsteige auf den modernen Flughäfen, wo die Menschenscharen an Tiere erinnern, die zum Schlachthaus getrieben werden. Unser Pariser kommt buchstäblich in Bedrängnis. Unausweichlich stellt sich ihm die Frage nach dem letzten Sinn eines Lebens, wie er es zu führen gewohnt ist. Zugleich packt ihn die Furcht, er könne auf diesen Lebensstil nicht mehr verzichten. Gegen eine so starre Lebensweise, wie er sie hier vor Augen hat, lehnt er sich auf und fühlt sich insgeheim gleichsam schuldig, »diese armen Leute« in ihrem unterentwickelten Dasein zu belassen.

Diese Menschen am Rande der Wüste leben ohne Hast, als hätten sie nichts zu versäumen und könnten in Ruhe die Zeit nach eigenem Maß messen. Daß die Zeit verrinnt und dadurch die zentrale Frage des Todes aufgeworfen wird, scheinen sie gar nicht mühsam verschleiern zu wollen. In der modernen Welt gibt es ein echtes Alibi der Geschwindigkeit, dem früher oder später jedermann verfällt. Es geht wesentlich darum, immer mehr *Zeit zu gewinnen*. Wenn man es schafft, die Flugzeit Paris – New York von sechs auf drei Stunden zu verkürzen, scheint das ein Fortschritt zu sein. Enthüllt sich darin aber nicht ein angstvolles Bestreben, zugleich Raum und Zeit aufzuheben und damit den Anspruch der Wirklichkeit zu verkennen?

Der Fortschritt als Alibi

Das Auftreten der Hippies ist zweifellos eine sehr vieldeutige Zeiterscheinung. Manches weist auf Niedergang, Verfall und Auflösung hin. Betrachtet man das Phänomen aber in einem weiteren Rahmen als vielleicht gemeinhin üblich, ist es ein wichtiges Symptom, das den Versuch anzeigt, einer unmenschlich gewordenen Zivilisation Einhalt zu gebieten.

Vor dreißig Jahren zählte man die Landstreicher zu den Asozialen. Diese mehr oder minder pathologischen Menschen waren sehr infantil geblieben und hatten in der durchorganisierten Welt der Erwachsenen keinen passenden Platz finden können. Ihre Situation ergab sich aus den sozialen Strukturen.

Das heutige Problem der Hippies ist von ganz anderer Art. Ihr Verhalten mißt sich nicht an den bestehenden sozialen Strukturen, sondern in viel tieferer Weise an dem gesamten Menschenbild, der Weltsicht und der Lebensauffassung, die die Zivilisation *als solche* mit sich bringt. Landstreicher sind Randfiguren der Gesellschaft, in der sie leben. Hippies richten sich mehr oder minder bewußt gegen die *Zivilisation*. Ihr Verhalten gleicht eher dem Auftreten eines Franz von Assisi, der im Namen des Evangeliums gegen eine scheinbar »katholische« Welt protestiert, weil diese in Wirklichkeit am Evangelium Verrat übt.

Die Hippies den Landstreichern gleichzusetzen, wäre ein Alibi für die Menschen unserer heitigen Zeit. Die von den Hippies aufgeworfene Frage bleibt dann unverstanden, und das versteckte, unklare Schuldgefühl wird verdrängt.

Bei uns in Europa hat sich seit der Renaissance und noch viel deutlicher seit Beginn des siebzehnten Jahrhunderts ein umfassender Wandel vollzogen. Das wissenschaftliche Zeitalter ist angebrochen. Was man vorher als Wissenschaft bezeichnete, setzte sich aus Erfahrungswissen, philosophischen und religiösen Anschauungen und einer gewissen Lebensmeisterung zusammen. Seit Descartes, Galilei und Pascal – um nur einige Namen zu nennen – beginnt sich die Wissenschaft im strengen Sinn mit ihrer Eigengesetzlichkeit und ihrer spezifischen Einstellung zu entfalten. Eine Kulturrevolution bricht los und beginnt ihr Werk, das gerade in unserer Zeit zu seiner vollen Entfaltung gelangt. Diese Entfaltung erscheint auf dramatische Weise ambivalent. Als Mann der *Wissenschaft* abstrahiert der moderne Gelehrte methodisch von übernommenen Ideen und Anschauungen und sucht durch exakte Beobachtungen und Experimente und durch die Entdeckung von Gesetzmäßigkeiten nach eigenständiger Erkenntnis, wobei er sich vom Grundprinzip der Objektivität leiten läßt.

An einer solchen Haltung kann man gut ablesen, wie sehr Nicht-Wissen und Nicht-Verstehen den Menschen unbefriedigt lassen. Es wäre aber naiv zu meinen, diese Unzufriedenheit beziehe sich nur auf ein besseres *Wissen*. Die menschliche Unzufriedenheit betrifft nicht nur den intellektuellen Bereich; sie berührt die Mitte unserer Existenz, die Lebensprobleme, Unannehmlichkeiten und Konflikte und die enormen Schwierigkeiten, die der Mensch überwinden muß, um sich alles dienstbar zu machen, was unsere Umwelt zu bieten hat. Damit ist gesagt, daß ein Fortschritt in der wissenschaftlichen Erkenntnis zwangsläufig den Wunsch nach einem Fortschritt in der Beherrschung der Welt nach sich zieht. Entdeckungen und Erfindungen wie Dampfmaschine, Elektrizität oder Verbrennungsmotor – um nur einige Beispiele anzuführen – konnten nicht allein eine Angelegenheit der Forschung bleiben. Hatte der Mensch erst einmal ein Geheimnis gelüftet, konnte es gar nicht ausbleiben, daß er es in seinen Dienst nehmen wollte, um damit sein Dasein – wie er meinte – zu verbessern und seine Macht über die Welt zu vergrößern. Eisenbahn, elektrisches Licht und Automobil waren die zwangsläufige Folge. Es ist, nebenbei bemerkt, auffällig, daß alle diese Anwendungen der großen Erfindungen – kurz gesagt: der technische Fortschritt – einen verbesserten Austausch unter den Menschen ermöglichen, ganz allgemein die Kommunikation erleichtern und, wie schon oben gesagt, »Zeit gewinnen« helfen. In der Tat haben diese Erfindungen das Dasein der Menschen tiefgreifend umgestaltet. Ein Ergebnis dieses Prozesses war aber auch das mörderische Blutbad 1939–1945, das, wie Albert Speer[2] sagt, die Menschen der Neuzeit mit wahrlich panischem Schrecken begreifen ließ, wohin eine bestimmte Verwendung dieser technischen Möglichkeiten führen kann.

Die Meinung, wissenschaftlicher oder technischer Fortschritt sei etwas *in sich Gutes* im Sinne eines moralischen Wertes, ist letztlich auch ein Alibi. Damit wird nämlich ganz entschieden die eindeutige Tatsache verschleiert, daß es nicht auf den Fortschritt oder die Vervollkommnung der technischen Errungenschaften, sondern auf die Haltung des Menschen zu diesen Dingen und gegenüber sich selbst ankommt. Eine Moral der Wissenschaft gibt es nicht und kann es nicht geben. Wissenschaftliches Arbeiten setzt vielmehr moralische Haltungen wie Redlichkeit und Genauigkeit voraus; es vertieft die Kenntnis und erweitert die Macht des Menschen über die Welt, sagt aber nichts über den letzten Sinn und Wert dieser menschlichen Machtvollkommenheit. Vielleicht liegt das Drama der modernen Welt ganz einfach darin, daß man diese Wahrheit vergessen hat und der Sache aus dem Weg gegangen ist. Mit Eifer hat man an der Tatsache vorbeigesehen, daß die Grundfrage des Menschen kei-

---

[2] Speer, Albert: *Erinnerungen.* Berlin: Propyläen-Verl. 1970[8].

neswegs im Bereich der Wissenschaft angesiedelt ist.

Mitten hinein in diese Grundfrage gehören alle Sehnsucht und alles Streben der Menschen. Sie bekunden die fundamentale Erkenntnis eines Mangels, der um jeden Preis behoben werden muß. Mindestens seit ein paar Jahren weiß man aber, daß die aus den Leistungen der Wissenschaft und des Fortschritts hervorgegangene Zivilisation dieses Grundverlangen des Menschen nicht befriedigt. Im Gegenteil: sie läßt immer eindringlicher und dramatischer erkennen, welch unermeßlicher Abgrund hier klafft. Man muß, glaube ich, einsehen und zugeben, daß der Fortschritt an Erkenntnissen und technischen Möglichkeiten, auch wenn man darin natürlich einen positiven menschlichen und moralischen Wert sieht, die Menschheit nicht zur Vollendung führt und ihr nicht das vollkommene Glück beschert, von dem sie seit Jahrtausenden träumt. Endgültiges Heil wird dadurch den Menschen nicht zuteil.

Bekanntlich waren das Ende des neunzehnten und der Anfang des zwanzigsten Jahrhunderts von einer hoffnungsfrohen Romantik gekennzeichnet, die uns heute befremdlich naiv vorkommt. Bis vor wenigen Jahren gründete sich die beherrschende Kultur ausdrücklich oder indirekt auf einen echten Glauben an die Allmacht von Wissenschaft und Technik, das heißt auf eine gewisse Vorstellung von *Fortschritt.* Der Mensch hielt sich für fähig, zur vollen Meisterung seines Schicksals zu gelangen und aus eigener Kraft eine ideale Welt vollkommenen Glücks, ungetrübter Einigkeit und vollendeten »Komforts« zu schaffen.

Der für die Verwirklichung einer solchen kulturellen Revolution notwendige finanzielle und wirtschaftliche Aufwand mag auf kapitalistische oder sozialistische Weise – wie man so sagt – erbracht werden – der Kern des Problems liegt nicht in dieser Organisationsform. Der *Fortschritt* selbst steht auf dem Spiel; vor dieser beängstigenden Frage darf man nicht die Augen verschließen.

Die Menschen haben den Fortschritt geradezu als Rauschgift benutzt, wie jemand, der sich betrinkt, um sein Mißgeschick zu vergessen... Lange Zeit hat man geglaubt – und nicht wenige Leute glauben es bestimmt auch heute noch –, man könne mit Hilfe von Elektrizität, Waschmaschinen, Fernsehen, immer schnelleren Flugzeugen und ähnlichen Dingen in einigen Jahrzehnten nicht nur eine verbesserte Lebensweise, sondern echtes *Glück* erreichen. Man hat sogar geglaubt, mit der über Mensch und Welt erlangten Macht die Grundfrage des Todes beseitigen zu können. Doch alle diese gewaltigen Anstrengungen, alles und jedes in den Griff zu bekommen, schufen nur das heutige Durcheinander.

Trotz aller Werbeslogans ist unsere von Wissenschaft und Industrie geprägte urbane Zivilisation zutiefst unmenschlich und zerstörerisch. Gerade auf diesen Mißstand scheint das gesamte Verhalten der Hippies hinweisen zu wollen. Das Dramatischste an der Sache ist, daß jedermann von diesem riesigen Räderwerk ergriffen wird und absolut kein Ausweg zu erkennen ist. Kein Gedanke daran, für einige Jahre alles Forschen und jeden technischen Fortschritt zu unterbinden, um in Ruhe das Erreichte zu integrieren, sich daran zu gewöhnen, es zu humanisieren und auf wirklich menschliche Weise davon zu profitieren. So etwas ist undenkbar und lächerlich. Die riesige wirtschaftliche, politische und soziale Maschinerie der gesamten modernen Welt würde das nicht überleben, sondern zweifellos in einem schrecklichen Blutbad zugrunde gehen. Die Welt, in der wir leben, ist zu unablässigem Fortschritt und ständig wachsender Perfektion verdammt und führt damit ihren eigenen Untergang herbei. Wer noch von science-fiction träumt, ist nicht mehr ernst zu nehmen; solche Schwärmerei ist das letzte Aufbegehren eines dahinschwindenden Alibis.

Die wissenschaftliche Biologie und die moderne Medizin haben in letzter Zeit sehr komplexe Fragen aufgeworfen, die das Problem des Todes wieder in die Mitte rücken. Seit dem Aufkommen der wissenschaftlichen Medizin zu Beginn des neunzehnten Jahrhunderts läuft alles so, als habe der Mensch vergessen, daß er sterblich ist, und als wolle er sich gerade damit nicht abfinden. Der Mensch des Mittelalters wußte um seine Sterblichkeit – in einer Art des Denkens, die zweifellos stark mythologisch geprägt war. Im neunzehnten und zu Beginn des zwanzigsten Jahrhunderts hatte der Mensch seine Sterblichkeit vergessen und glaubte an seine Allmacht. Gegen Ende des zwanzigsten Jahrhunderts steht der Mensch, von den heftigen Wirbeln unserer modernen Welt gepackt, in zweifellos ganz neuer Weise vor dieser seiner widerspruchsvollen Wahrheit. Nun verfängt auch die Mythologie der Wissenschaft nicht mehr. Das Alibi schwindet gänzlich dahin. Der Mensch begreift, daß er irgendwie an seinem eigenen Unglück *schuld* ist, ohne zu wissen, wie oder warum. Vielleicht verstärkt sich in ihm auch das ungewisse Gefühl, daß hier keine echte *Schuld* vorliegen kann, sondern etwas ganz anderes, das sich dem rationalen Zugriff entzieht.

Vielleicht erwecken aus diesem Grunde alle traditionellen Strukturen – die politischen Parteien jedweder Richtung nicht ausgenommen – den betrüblichen Eindruck, sie stünden »auf totem Geleise«. Man redet große Worte, jedoch nicht über das wahre Problem, sondern über wirtschaftliche und soziale Strukturen, die doch in ihrer ganzen Zusammenhanglosigkeit und mit allen ihren wunden Punkten nur das Symptom einer kranken Kultur und einer zusammenbrechenden Zivilisation sind.

Man kann sich ehrlich fragen, ob die Menschen in den nächsten zwanzig oder dreißig Jahren einen explosionsartigen Ausbruch der Wut und der Verzweiflung verhindern können. Mathematisch sicher ist es jedenfalls nicht...

Ist das Bessere der Feind des Guten? (I.)

Seit Jahrtausenden hatten die Menschen ihre Fortbewegungsmittel kaum verbessert. Die Zähmung des Pferdes und die Erfindung des Rades reichen, wie man sagt, weit in die Geschichte zurück. Bis zum vergangenen Jahrhundert hatte sich nichts Wesentliches geändert. Ansätze zu Verbesserungen betrafen eher Einzelheiten der Ausstattung oder der Anwendungsmöglichkeiten. Für Napoleon I. bestanden im großen und ganzen noch dieselben verkehrstechnischen Bedingungen wie für Julius Caesar; Unterschiede gab es höchstens im Stil, vielleicht noch in der Bequemlichkeit und im Luxus, aber ganz sicher ist das nicht einmal... Jahrtausende lang hatte man nach nichts Besserem gesucht. Konnte man sich vielleicht etwas Besseres noch gar nicht vorstellen? Zwar träumte schon Leonardo da

Vinci von einem Flugapparat, aber das war nur der verstiegene Gedanke eines Künstlers – eben ein Traum. In Wirklichkeit begnügte man sich mit Pferd und Wagen.

Das ist nur eines von vielen Beispielen. Beleuchtung, Heizung und Einrichtung der Häuser, Nachrichtenübermittlung (man könnte hier zahlreiche Dinge des praktischen Lebens aufzählen) – in allen diesen Bereichen hatte sich bis in die Neuzeit nichts Entscheidendes geändert. Die Menschen gaben sich recht und schlecht mit dem Vorhandnen zufrieden und kamen gar nicht auf den Gedanken, nach etwas anderem zu suchen. Es gab nur abwechselnd Fortschritte und Rückschläge in der Anwendung der stets gleichbleibenden technischen Möglichkeiten.

Mit dem Aufkommen der wissenschaftlichen Erkenntnis bildete sich eine andere Zivilisation heraus; auf sie gehen unsere heutigen Probleme zurück. Die ersten wissenschaftlichen Errungenschaften weckten den Wunsch, alles zu verändern und *Besseres* zu schaffen, als man schon besaß. Dieser Drang nach dem »stets Besseren« wurde immer drängender, heftiger und intensiver.

Diese Zivilisation scheint ganz auf den *Wunsch* und die Hoffnung konzentriert, ihre eigene Erfüllung zu erreichen. Bei näherer Überlegung erweist sich das jedoch als höchst sinnwidrig; wo es keine Wünsche mehr gibt, kann man auch nicht mehr von wirklichem Leben sprechen.

Besser reisen, *besser* essen; *bessere* Beleuchtung, *bessere* Kommunikationsmittel... Verbesserungen in allen Lebensbereichen sind ein erstklassiges Alibi, um die Einsicht zu verdecken, daß alles nur vergänglich ist.

Dieser beängstigende Antrieb der menschlichen Wünsche ist viel bezeichnender für die moderne Zivilisation als Profit und Konsum, die sich daraus nur als Folge ergeben. Stellt man die »Konsum-Gesellschaft« oder die »Profit-Gesellschaft« in Frage, so greift man nur an der Oberfläche an und verschafft sich so noch ein Alibi, um nicht nach Sinn und Unsinn menschlicher Wünsche fragen zu müssen.

Sobald sich für irgendeinen Bedarf eine wesentliche Verbesserung einstellt, ist auch der Wunsch nach dem jeweils noch Besseren zur Stelle. Einige Erfindungen, die uns heute als ganz natürlich und selbstverständlich vorkommen (beispielsweise das elektrische Licht oder die Photographie...) haben in Wirklichkeit eine beträchtliche Revolution im Bereich der Kultur ausgelöst. Sobald man, ohne erst Feuer herbeischaffen zu müssen, durch einfachen Schalterdruck über eine Lichtquelle verfügt, ist an Verbesserungen und vielleicht sogar an neuen Erfindungen nichts mehr ausgeschlossen. Nachdem einmal der umwälzende erste Schritt gelungen ist, kann man sich leicht ausmalen, wie die Beleuchtung durch immer neue Erfindungen immer weiter verbessert wird...

Das *Bessere* ist also erreicht. Man ist aus den Gewohnheiten und Gebräuchen vergangener Jahrtausende ausgebrochen. Man braucht nur auf einen Knopf zu drücken, und schon wird es hell. Natürlich ist das nicht ohne einen beachtlichen Arbeitseinsatz und viel Planung abgegangen, da alles auf verschiedenen Naturkräften aufbaut, die der Mensch entdeckt und in Dienst genommen hat. Dazu gehören Scharen von Arbeitskräften mit verschiedenen, natürlich abgestuften Befugnissen. So etwas bezeichnet man dann als industrielle Zivilisation, in der diese neuen Techniken und diese beängstigend anwachsenden Wünsche in großem Umfang zum Zuge kommen.

Tatsächlich wird hier Besseres geboten. Niemand wird bestreiten, daß Farbfernsehen erfreulicher ist als Schwarz-Weiß-Fernsehen. Kaum war das Farbfernsehen ins Gespräch gekommen, suchte und fand man Wege zu seiner Verwirklichung, und schon war diese Neuerung geschaffen. Daraufhin mußte natürlich noch die industrielle Fertigung anlaufen, um das Gerät in den Handel zu bringen. Nun konnte man alle davon profitieren lassen und selbst daraus Profit schlagen. Kurzum, der Konsum hatte begonnen. Es wäre jedoch naiv zu glauben, daß wir uns damit nun zufrieden geben. Bald wird – wie im Kino seit kurzem schon verwirklicht – der Wunsch nach plastischem Fernsehen wach. Eines Tages dann – wer weiß? – plastisches Fernsehen mit Geruch... Nachdem farbiges Fernsehen möglich ist – seine Verwirklichung hat es ja erwiesen –, wird es immer unzumutbarer, daß man das Bessere, nämlich das plastische Fernsehen noch nicht eingeführt hat. Solange man es noch entbehren muß, ist man nicht *zufrieden*. Ist es aber da, spielt es nur neue Wünsche hoch, die sich bei manch einem bestimmt jetzt schon abzuzeichnen beginnen.

Die Zivilisation des »immer Besseren« – eine Folge der von der Wissenschaft in der Welt der Kultur ausgelösten Revolution – kann keinesfalls die Unzufriedenheit der Menschen mildern; dieses Ungenügen wird nur noch größer und kann, wie sich nun herausstellt, in keiner Weise behoben werden.

Ist das Bessere der Feind des Guten? (II.)

Noch ein anderer Sachverhalt muß hervorgehoben werden, wenngleich er sehr unangenehm ist. Das unbestreitbar erreichte *Bessere* zieht wie durch ein böses Verhängnis unweigerlich etwas weniger Gutes oder sogar etwas Schlechtes nach sich. Wird eine Schwierigkeit gelöst, ergeben sich dadurch neue, die man zuvor nicht bedacht oder schon als gelöst angesehen hat. Man darf nicht glauben, daß diese wesenhafte Ambivalenz des Fortschritts in irgendeinem mythologischen Fluch begründet ist. Der Vorgang spielt sich ganz im Innern des Menschen ab, wo die wahnwitzige Illusion des technischen Fortschritts als endgültige Lösung von Lebensproblemen angesehen wird.

Dafür bietet das moderne Leben zahlreiche Beispiele. Am anschaulichsten ist vielleicht die Entwicklung unserer »motorisierten Zivilisation«, die bereits manchen der Verantwortlichen ernstliche Sorgen zu bereiten beginnt. Natürlich ist das Auto ein Fortschritt; das kann niemand leugnen oder bezweifeln. Ebenso klar ist aber, daß dieser Fortschritt schon heute eine echte Versklavung mit sich bringt, und zwar sowohl für das persönliche Leben wie für die soziale Ordnung.

Entsprechend den inneren Gesetzmäßigkeiten, nach denen sich die moderne Gesellschaft entfaltet, führte die Entwicklung eines brauchbaren Automobils notwendig zur Entstehung einer Automobilindustrie. Einige Großindustrielle haben sich leidenschaftlich – und mit Erfolg – dafür eingesetzt, daß dieses neue Instrument des Verkehrs, das Ungebundenheit und Macht verleiht, auch weniger Begüterten zur Verfügung steht. Heutzutage müssen wir aber erkennen, daß der beständige Fortschritt im Kraftfahrwesen praktisch das Leben unmöglich macht. Anzahl, Stärke und Geschwindigkeit der Kraftfahrzeuge haben sich fortentwickelt. Daraus entsteht das bei Licht besehen doch recht abwegige Bild des modernen Lebens in den Großstädten. Es ist schon ein Gemeinplatz geworden: »Je mehr Verkehrsmittel wir zur Verfügung haben, um so weniger Verkehr ist möglich.« Zweifellos ein Gemeinplatz! Aber auch eine objektive Wahrheit. Dieser gewaltige Widerspruch wird im täglichen Leben allenthalben spürbar. Je mehr sich die industrielle Welt entfaltet, um so mehr und um so schneller müssen die Menschen von einem Ort zum anderen gelangen. Gibt es aber immer mehr Verkehrsmittel, wird es immer schwieriger und schließlich unmöglich, hinreichend schnell und hinreichend leicht ans Ziel zu kommen. Innerhalb des großen Strudels einer weiter expandierenden technischen Welt nimmt auch das Chaos des Straßenverkehrs ständig zu und weckt in vielen Menschen geheime Aggressivitäten, die bislang recht und schlecht kompensiert waren.

Ein außerirdischer Genius im Vollbesitz absoluter Autorität müßte Befehl geben, unsere Städte niederzureißen und sie so wiederaufzubauen, wie es dem Wachstum der Automobilindustrie und ihren Erfordernissen entspricht. Natürlich sind das witzige Phantastereien und

Hirngespinste. Wenn man aber einmal annimmt, eine solche Anpassung wäre möglich und realisierbar, so kann man sich doch nur mit großer Mühe eine solche Stadt vorstellen, die vollständig den Anforderungen einer derartigen Diktatur des Automobils unterworfen wäre. Vielleicht entstünde folgendes beängstigende Bild: versprengte menschliche Inseln in Betonkasernen, verziert mit winzigen Grünanlagen, umgeben von Autobahnen, die wie ein Panzer alles umschnüren. Die Lage dieser Menschen wäre vielleicht der Angst primitiver Stämme vergleichbar, die, vom Urwald eingeschlossen, ohne großen Kontakt zu ihren Nachbarstämmen leben...

Wie würden sich die Menschen auf diesen Inseln wohl gegen diese Angst zu wappnen versuchen? Ich glaube nicht, daß man diese Gedanken als krankhafte Hirngespinste abtun kann. Ähnliche Probleme bei manchen Massenveranstaltungen sind als Alarmzeichen anzusehen. Man weiß auch, daß sich Jugendliche, die den unmenschlichen Zuschnitt ihrer Lebensweise nicht mehr ertragen, zu Banden zusammenschließen und Dinge tun, die mehr an vormittelalterliche Raubzüge denken lassen als an das menschliche Klima einer »zivilisierten« Gesellschaft.

Es ist noch gar nicht so lange her, daß man den Krieg als ein unerträgliches Übel anzusehen begann. Vor dreihundert oder vierhundert Jahren beispielsweise wurde der Krieg, der allerdings auf das berufsmäßige Kriegsvolk beschränkt war, als normaler Ausdruck der Beziehungen zwischen menschlichen Gruppen betrachtet. Man hat, vor allem nach 1918, ehrlich geglaubt, daß der ungeheuere Fortschritt unserer Zivilisation schließlich den Krieg aus der Welt schaffen könnte. Die gegenteilige Erfahrung 1939 bis 1945 traf die Menschen mit solcher Härte, daß sie es auch hier wieder vorzogen, sich ein gutes Gewissen als Alibi zu verschaffen. Wie einst schon der Völkerbund dienen nunmehr die Vereinten Nationen als Alibi. Mehr denn je wird der Krieg als unzulässig erklärt – zu einem Zeitpunkt, da kriegerische Auseinandersetzungen besonders verbreitet sind. Die Feindseligkeiten treten mehr oder weniger offen zutage und bringen einmal mehr, einmal weniger Blutvergießen mit sich; mehr denn je aber nimmt man von ihnen Notiz. Früher wurde der Krieg erklärt, bevor er ausgetragen wurde. Heute wird ohne Ankündigung und Erklärung losgeschlagen, wobei man sich verschiedener Namen bedient, um das Geschehen zu vertuschen.

Das gegenseitige Töten zu beenden, ist zweifellos ein löbliches Ziel und ein unterstützenswerter Fortschritt. Wenn dieser Plan auch immer wieder mißlingt, ist er doch charakteristisch für die moderne Menschheit. Niemand kann bestreiten, daß es hier um einen echten geistigen Fortschritt geht.

Nun hat nach Auskunft der Statistik der Straßenverkehr in den Industrieländern während der letzten zehn Jahre mehr Todesopfer gefordert als der Krieg 1939 bis 1945. Wie in anderen Bereichen erweist sich auch im Straßenverkehr der Fortschritt als scheußlicher Mörder. Das ist, wohlverstanden, nicht die Schuld des Automobils oder seiner Erfinder und Erbauer... Auch hier liegt das Problem nicht bei der wissenschaftlichen Erkenntnis, sondern hat auf der Ebene des Menschen – einzeln oder kollektiv betrachtet – seinen Platz. Sobald ein Verkehrsunfall geschieht, spüren alle Betroffenen, mag viel oder wenig passiert sein, instinktiv die Neigung, die Verantwortung für das Geschehene dem *anderen* zuzuschieben. Musterbeispiel eines Alibis: »Ich nicht! Er war es!« Dieser *andere*, dessen mögliche Gegenwart auf der Straße nicht beachtet worden ist (das nämlich ist der tiefe Grund für unvorsichtiges Fahren), wird zum Feind, der die Schuld trägt, nur weil seine Gegenwart jetzt greifbar geworden ist. Letztlich wirft man dem anderen vor, daß es ihn überhaupt gibt. Diese durchaus alltägliche Reaktion wirft schwerwiegende Fragen über die wirklichen zwischenmenschlichen Beziehungen auf...

Als unsere Vorfahren mit der Postkutsche von Lyon nach Dijon reisten, gingen sie ein geringeres Risiko ein als wir, wenn wir an einem

Samstag mit dem Auto von Paris nach Fontainebleau zum Abendessen fahren. Gewiß, die Postkutsche konnte überfallen werden. Aber gegen solche Überfälle konnte man sich einigermaßen vorsehen und schützen. Gegen etwaige Räuber kann man immer einige Maßnahmen treffen. Gemessen am gesamten Straßenverkehr der damaligen Zeit war ein Raubüberfall auf eine Postkutsche wahrscheinlich eine seltene Ausnahme. Heute aber sind an einem gewöhnlichen Wochenende in Frankreich einige Dutzend Tote und einige Hundert Schwerverletzte an der Tagesordnung. Trotz lautstarker Proteste hat sich jeder an diese Todesgefahr gewöhnt. Auch hier gibt es eine Flucht ins Alibi. Wenn man sich in den Verkehr stürzt, denkt man stets, daß *den anderen* ein Unfall zustoßen könnte. Man schützt sich gegen die eigene Angst, indem man die Gefahr *anderswo* hinverlegt, und sie hier nicht gelten lassen will, wo sie doch zweifellos ebenfalls lauert. Gegen Überfälle auf Postkutschen kann man sich absichern, nicht aber gegen seinen eigenen Wahnwitz am Steuer oder gegen das plötzliche Auftauchen eines »verwegenen« Fahrers auf meiner Spur, weil er an einer unübersichtlichen Stelle unvorsichtigerweise ein anderes Fahrzeug überholt.

Wir müssen zugeben, daß wir hier machtlos sind. Die Zahl der Verkehrstoten nimmt nicht ab – im Gegenteil. Wer meint, mit einem Bündel gesetzgeberischer Maßnahmen etwas ändern zu können, ist in schönen Träumen befangen. Theoretisch könnte man natürlich als Lösung vorsehen, auf allen Straßen Frankreichs alle zweihundert oder dreihundert Meter einen Polizisten als Dauereinrichtung aufzustellen. Am Ende bleibt voller Ironie zu hoffen, daß im Zuge der weiteren Entfaltung der Automobilindustrie schließlich so viele Autos auf dem dafür in Frage kommenden Teil der Erdoberfläche rollen werden, daß jedermann nur mit dreißig Stundenkilometern fahren kann, falls der Verkehr nicht total zusammenbricht.

Diese beängstigenden Probleme unserer motorisierten Zivilisation kennzeichnen vielleicht am besten das neuzeitliche Unbehagen. Hier offenbart das Alibi des technischen Fortschritts seine schwächste Stelle. Die ausweglose Lage der Automobilindustrie hat sich, soweit man davon überhaupt etwas wissen kann, dramatisch zugespitzt – das gilt wenigstens für die riesengroßen Unternehmen amerikanischen Zuschnitts. Wenn man eine baldige todbringende Vergiftung der Bevölkerung in den Großstädten vermeiden will, muß man diesen Industriezweig unverzüglich umgestalten. Entweder man stellt die industrielle Fertigung der Autos ein und bringt damit Arbeitslosigkeit, Elend und Tod über zahlreiche Mitbürger, oder man baut einen abgasfreien Motor. Das ist theoretisch möglich, aber die damit verbundenen technischen, industriellen, wirtschaftlichen und sozialen Probleme sind so groß, daß niemand weiß, wie man sie lösen soll. Außerdem würden darüber lange Jahre vergehen, in denen die Vergiftung weiter wirken kann. Dies ist kein Abschnitt aus einem Science-fiction-Roman. Die sich überschlagende Entwicklung der motorisierten Zivilisation hat auf jeden Fall tödliche Folgen; wir sind ihr gegenüber so machtlos wie die Menschen des Mittelalters gegenüber einer Pestepidemie. Man muß sich aber darüber klar sein, daß diese Epidemie vom Menschen selbst erfunden und hochgezüchtet worden ist. Daß die Entwicklung des Motors der Menschheit das Glück beschere, ist also wieder nur ein Alibi.

Ist das Bessere der Feind des Guten? (III.)

Vor etwa vierzig Jahren sann Georges Duhamel über Sinn und Schicksal der zeitgenössischen Zivilisation nach und traf schon damals mit einem Gleichnis den Kern der Frage. Eine fortschreitende Zivilisation besteht im wachsenden Einsatz aller Mittel, die dem Menschen die Verminderung seiner eigenen Anstrengung erlauben, bis er sich eines Tages gar nicht mehr selbst anzustrengen braucht, weil er nämlich dann von dem jetzt noch bestehenden Zwang zur Arbeit *befreit* sein wird. Duhamel beschreibt ein Kind dieser Zivilisation, das sinnend vor einem Wasserhahn steht und sich eine Erfindung ausmalt, die es uns erspart, den Hahn aufdrehen zu müssen, wenn wir Wasser haben wollen. Der moderne Mensch ist durch und durch von dieser Mentalität geprägt. Er möchte jede Anstrengung *meiden;* Roboter ausdenken und bauen, die an seiner Stelle treten können; sich jeder Aufgabe entledigen und sich gar nicht mehr anstrengen müssen, um endlich »frei« zu sein.

Frei wozu? Das ist die Frage. Sie zu stellen, vor allem sie mit einigem Nachdruck vorzubringen, ist vielleicht ungehörig. Aber drängt sich diese Frage heute nicht geradezu auf? Mehr oder weniger verschwommen beginnen die Menschen unserer Tage zu fragen, ob nicht die große Täuschung und das eigentliche *Alibi* gerade in dem Versuch liegen, anderswo zu sein als da, wo ich etwas leisten soll. Verfolgt man ein solches Fortschrittsdenken konsequent bis ans Ende, führt es theoretisch zu der Vorstellung, daß dem Menschen eines Tages *nichts mehr zu tun* bleiben wird. Irgendwie wird da etwas leer bleiben. Leere aber besagt Tod oder wenigstens Todesfurcht. Die moderne Biologie hält für diesen blinden Fortschrittsglauben ein kategorisches Dementi bereit: schon in den elementarsten biologischen Strukturen ist der Kampf als ein spezifischer Zug alles Lebendigen eingegraben.

Von den ersten Molekularverbindungen bis zu den höchstentwickelten Tieren ist die Welt des Lebendigen ein großes Schlachtfeld. Wenn Kampf und Schlacht aufhören und die biologische Aggressivität kein Betätigungsfeld mehr findet, kann es auch kein Leben mehr geben. In uns, der Gattung Mensch, findet die gewaltige Welt des Lebendigen ihren bewußten Ausdruck. Daß dieses Bewußtsein in der modernen Welt nachdrücklich von seiner wirklichen Bestimmung abrücken möchte und sie nicht wahrhaben will, überrascht nicht im mindesten. Kein Wunder, daß eine ungeheure Verwirrung alles ergreift, wenn dieses Alibi zerfällt.

Daraus ergibt sich als ziemlich banale Folge, daß eine Welt, in der nichts mehr zu tun bleibt und jede Anstrengung *gemieden* wird, hauptsächlich von einer immer tieferen und beängstigenderen Langeweile gekennzeichnet wird, die zu völlig irrationalen heftigen Ausbrüchen der Aggressivität führt. Damit wird auch erklärlich, was sich Mitte der fünfziger Jahre in einem besonders stark sozial und industriell geprägten Land abgespielt hat, wo die Sozialordnung mit Hilfe verschiedener technischer Errungenschaften ganz der Erleichterung des Lebens dient. In Stockholm sah man in der Weihnachtszeit Tausende von Jugendlichen durch die Straßen ziehen, die alles am Wege kurz und klein schlugen. Für dieses Verhalten bestand kein ersichtlicher

Grund, weder ein eindeutiges Rachemotiv noch ein unmittelbarer sozialer Konflikt. Es ging zur allgemeinen Überraschung um etwas ganz anderes. Haben nicht alle Äußerungen der Gewalt bei den heutigen Jugendlichen, so verschiedenartig und manchmal offensichtlich irrational ihr Verhalten auch sein mag, letztlich denselben Sinn? Weitgehend kann man darin wohl eine tief wurzelnde kollektive Reaktion panischer Aggressivität angesichts einer Welt sehen, die gerade im Bemühen, auf die Probleme des Menschen einzugehen, das Menschliche unterdrückt.

Dieser Widerspruch ist nicht zu beheben. Wie schnell die menschliche Zivilisation auch vorankommt und welche Erfolge sie auch aufzuweisen hat, sie strebt zwangsläufig nach dem Besseren. Eben darin unterscheidet sich menschliches Verhalten von tierischem Verhalten. Zur Zeit erleben wir gerade die Kehrseite des Problems. Wenn nämlich dieses Streben nach dem Besseren anhebt und unter Einsatz wissenschaftlicher Erkenntnisse und ihrer technischen Anwendung Gestalt annimmt, neigt die Zivilisation merkwürdigerweise dazu, ihre eigene Herkunft zu verkennen und zu verleugnen. Diese Entwicklung führt zwangsläufig zur Unangepaßtheit. Hier hat wieder das Alibi seinen Platz. Man möchte anderswo sein als in seiner eigenen Wirklichkeit und nicht sehen (oder nicht mehr wahrhaben), daß zum menschlichen Dasein der

Konflikt gehört. Man kann nicht leben, ohne gemeinsam gegen etwas zu kämpfen. Wenn es – gesetzt den Fall – nichts mehr gäbe, um das man sich schlagen müßte, würde man sich selbst gegenseitig bekämpfen. Dies geschieht übrigens – schlicht gesagt – nicht nur auf internationaler Ebene.

Wünsche sind dazu da, dem Mangel abzuhelfen, der sie entstehen ließ; ihre Dynamik jedoch ist gleichsam asymptotisch. Sie strebt buchstäblich ins Unendliche, das heißt, sie wird niemals zufriedengestellt. Man darf – damit möchte ich einen Satz von Jacques Lacan verallgemeinern – nicht verkennen, daß die Wünsche der Menschen »stets an ihrem Objekt vorbeigehen«. Sie werden nämlich von einem »Objekt« hervorgerufen, dessen ganze Existenz in seinem fortdauernden Mangel besteht. Die Psychoanalyse zeigt deutlich, daß die affektive Dynamik des Menschen im Bereich der unbewußten Strukturen gewissermaßen in der *vorwärtsdrängenden* Suche nach einem »Etwas« besteht, das es einmal gab und nun nicht mehr geben kann. So findet die Dynamik des gesamten Lebens im bewußten und unbewußten Leben des Menschen ihre Entsprechung. Das zweifellos trügerischste Alibi, das der Mensch vor sich selbst aufbauen kann, besteht darin, den grundlegenden und unaufhebbaren *Zwiespalt* des eigenen *Wünschens* zu leugnen oder zu verkennen. Ist dieses Alibi erst einmal erfolgreich aufgebaut und dieser zentrale Zwiespalt verschleiert, kann er leicht zum Abgrund werden, wenn eines Tages die Erleuchtung kommt.

Der Mythos der »Gesellschaft«

Auch Mythen können in dem Maße zu Alibis werden, wie sie nicht mehr nur symbolische Ausdrucksform sind, sondern Gegenstand des Glaubens im strengen Sinn werden. Man beachte, daß sie dabei leidenschaftliche, vielleicht sogar gewalttätige Reaktionen auslösen können. Wenn der als Gegenstand des Glaubens erfahrene Mythos nämlich als mythisch entlarvt wird, tritt die Angst vor dem *Nicht-Wissen* grausam zutage, die doch der Mythos gerade verdecken wollte.

Wir können beispielsweise weder durch streng wissenschaftliche Erkenntnis noch durch eigene Erfahrung wissen, wie es in den Tagen der alten Merowinger wirklich zuging. Davon können wir uns nur – in einigen Punkten auf die wirklichen Gegebenheiten gestützt – eine ausgesprochene mythische Vorstellung bilden. Man braucht sie unbedingt, um überhaupt mitreden zu können. *Glaubt* man aber, der Mythos sei *wahr*, hört er auf, symbolische Ausdrucksform zu sein und wird Gegenstand des Glaubens, und zwar eines leidenschaftlichen Glaubens. Mit seiner Hilfe verteidigen wir uns heftig gegen die unaufhebbare und letztlich unerträgliche Angst vor dem Unbekannten und dem Unerklärlichen. Für die menschliche Natur ist es überaus bezeichnend, die eigene Unsicherheit verbergen zu wollen.

Es gibt auch moderne Mythen. Einer der stärksten ist für manche Leute wohl der Mythos der »Gesellschaft«, wobei diese mehr oder weniger ausdrücklich als eine Art vorgegebenes höheres Wesen verstanden wird. Die Gesellschaft an sich... Eine solche Denkweise steht wahrscheinlich mit dem platonischen Mythos der Ideen in Zusammenhang.

Psychologisch ist das verständlich. Wenn ein Kind geboren wird und seine persönliche Entwicklung beginnt, ist es natürlich in ein komplexes System von Strukturen eingespannt, die zu seiner Existenz unbedingt notwendig sind, sich aber auf seine eigene Entwicklung auswirken. Diese selbstverständliche Aussage gilt nicht nur für das Kind als Einzelwesen, sondern zwangsläufig auch für die Abfolge ganzer Generationen. Da es um den Menschen und nicht um ein Tier geht, kommt es notwendigerweise zu Konflikten zwischen der wachsenden Bewußtseinstätigkeit einer jeden Generation und den Strukturen, die dieses Bewußtsein vorgeprägt haben. In manchen geschichtlichen Epochen spitzen sich diese Konflikte besonders dramatisch zu. Fraglos durchleben wir derzeit einen solchen Augenblick.

Um nicht trügerischerweise den Mythos als Gegenstand des Glaubens anzusehen, müssen wir eines klar festhalten: die Gesamtheit der Strukturen, die man als Gesellschaft bezeichnet, ist offensichtlich Menschenwerk – das Ergebnis Jahrtausende währenden menschlichen Mühens. Sie entfaltet sich in der Zeit. Sie ist Suche und zugleich Festpunkt, Drang nach Anpassung und zugleich nach Verfestigung. Gewinnt das Streben nach Verfestigung die Oberhand – meist natürlich zum Vorteil der Führer der betreffenden Gesellschaft –, können eines Tages schwerwiegende Konflikte aufbrechen. Wenn die eng und lästig gewordenen Strukturen aber ähnlich wie im Fall der zum Mythos gewordenen Gesellschaft als Gegenstand des Glaubens erfahren werden, droht der Konflikt in ein wüstes Durcheinander auszuarten. Da rivalisierende Mythen wie Idole wirken, drängt die Lage fatalerweise zu einem blinden Fatanismus, wie ihn die sogenannten »Religionskriege« in alter oder neuer Zeit veranschaulichen.

Für das neunzehnte Jahrhundert und die erste Hälfte des zwanzigsten war neben anderen Einflüssen eine monumentale Torheit bezeichnend, die Jean Jacques Rousseau in die Worte gekleidet hat: »Der Mensch wird gut geboren, aber von der Gesellschaft verdorben.« Hier handelt es sich um den philosophischen Standpunkt eines Mannes, von dem man ja zur Genüge weiß, wie außerordentlich gestört seine Beziehungen zu den Mitmenschen waren. Seltsam, daß gerade diese Bemerkung einen solchen Einfluß hatte – und zweifellos auch heute noch hat.

Auf einem ganz anderen – diesmal wissenschaftlichen – Wege kommt Freud zu einer davon sehr verschiedenen Feststellung. Er beschreibt das Kind in seinem ursprünglichen affektiven Wachstum als »polymorph pervers«. (Das Wort »pervers« besagt hier, daß ein Kind in der ersten Phase seiner psychologischen Existenz zu jeder noch so ausgefallenen oder abwegigen Entwicklung fähig ist.) Die eigentliche Dynamik typisch menschlicher psychologischer Entwicklung ergibt sich aus der widerspruchsvollen Ambivalenz zwischen Liebe und Aggression im menschlichen Wesen. Gerade durch die fortschreitende konfliktreiche Begegnung mit dem *anderen* – in einem immer umfassenderen Sinn – muß sich jeder von uns recht und schlecht in seinem Dasein zurechtfinden. Darum ist es ganz unvermeidlich, daß ein Kind auf dem Umweg über die *anderen,* mit denen es Umgang hat (Eltern, Bekannte, soziales und kulturelles Milieu...) von den sozialen Strukturen seines Lebensraumes beeinflußt wird. Dennoch ist keine Rede davon, daß der Mensch gut geboren und von der Gesellschaft verdorben wird... Das wäre ebenso naiv und »vorwissenschaftlich« wie die Annahme, ein epileptischer Anfall trete auf, weil jemand von einem »bösen Geist« besessen ist, während man doch weiß, daß es sich hierbei um Vorgänge im menschlichen Gehirn handelt.

In Anbetracht der Natur des Menschen ist es nicht verwunderlich, daß auch die von Menschen geschaffenen Gesellschaften Unvollkommenheiten und Widersprüche an sich tragen und vielleicht sogar aus den Fugen geraten oder aus der Art schlagen... Anderseits werden die mehr oder minder traditionellen Strukturen einer bestimmten Gesellschaft auch noch in unserer heutigen Zeit gerne mindestens teilweise als quasi-sakral empfunden, besonders wenn diese Traditionen durch heftige leidenschaftliche Konflikte entstanden sind. Republik (»Wie schön war sie im Kaiserreich!«, sagt eine Redensart), Restauration, Kaisertum, Partei, Reich[3] – alle diese Namen bezeichnen für einen großen Teil der betroffenen Völker so etwas wie unantastbare Gottheiten. Man kann sich überhaupt fragen, ob nicht ein erster Schritt zur Läuterung des Gesellschaftsbegriffes gerade darin bestehen muß, radikal alles zu entsakralisieren, was noch mythisch umkleidet ist.

Sakralisierung ist natürlich immer eine Sache mit zwei Seiten. Während manche Leute die von

---

[3] Deutsch im Original. (Der Übersetzer.)

früheren Generationen überkommene Gesellschaft als blindlings anzubetende Gottheit anschauen, betrachten andere die Gesellschaft als eine Art »bösen Gott«, der für jedes Unheil und alle Ungerechtigkeit verantwortlich ist.

Hier kommt das Alibi ins Spiel. Wer die Gesellschaft für eine mehr oder minder transzendente *schuldige* Person hält, hat es nur mit einer mythischen Projektion zu tun. Eine wirkliche Gesellschaft, deren Strukturen niederdrückend oder allzu lästig geworden sind, gehört einer Größenordnung an, in der sich das Problem jedwedem direkten Zugriff entzieht. Es war Mode (und ist es vielleicht noch), die mythische Person (Gesellschaft oder Institution) zu *beschimpfen* und ihr in gänzlich irrationaler Aggressivität ein »Verrecke, Luder!« entgegenzuschleudern. Die Projektion der Schuld auf eine mythische (das heißt als verantwortliches Subjekt *nicht existierende*) Person hat zweifellos vor allem den Sinn, den erlebten eigenen Anteil an der Schuld aus der Welt zu schaffen. Das ist mit vielen Vorteilen verbunden, da man selbst buchstäblich zum Sklaven dieser Schuld geworden ist, insofern man nicht mehr wirklich davon freikommen kann. Auf diese Weise funktioniert wohl auch das Alibi der sogenannten »Linksradikalen im Jaguar« – dieser Ausdruck drängt sich bisweilen auf. Manche »Kleinbürger«, die angesichts des sozialen und kulturellen Milieus, dem sie entstammen, und hinsichtlich ihrer eigenen Zukunft zweifellos ein tiefes Unbehagen empfinden, haben mehr oder weniger kollektiv ihre eigene Verwirrung in dieser Weise auf einem intellektuellen und pseudo-philosophischen Weg rational aufgearbeitet. Die eigene Abhängigkeit von einer vorgegebenen Existenzweise und das unbewußte und verdrängte Schuldgefühl, sich nicht davon befreien zu können, waren für diese »aufbegehrenden« Kreise unerträglich, ohne daß sie es merkten. Man wäre sehr schlecht beraten, sie deshalb zu tadeln oder herabzusetzen. Schließlich haben sie sich ihre fast unträgbare Situation nicht ausgesucht. Dennoch ist eine Diagnose dieser Situation notwendig, weil sie die Wirkweise des Alibis überaus deutlich veranschaulicht.

Ich erinnere mich an eine Zusammenkunft, bei der dieses Phänomen besonders scharf hervortrat. Eine Gruppe geistig recht freier Intellektueller – sie bezeichneten sich überwiegend als »Linke« – hatte mich eingeladen, mit ihnen ein bestimmtes Thema zu diskutieren. Die Atmosphäre war sehr angenehm, weil ich mich für meinen Teil mit dieser Geisteshaltung enger verbunden fühle als mit den Intellektuellen der sogenannten »Rechten«, in deren Mitte man nur sehr schwer die nötige Gedankenfreiheit eingeräumt bekommt. Im Laufe des Gesprächs schälte sich in der gesamten Gruppe ein Thema heraus.

Mehr oder weniger klar empfanden alle eine in aggressiven Reaktionen zum Ausdruck kommende panische Angst, »vom System vereinnahmt zu werden«. Das Wort »System« hatte in diesem Zusammenhang eine sehr allgemeine und vage Bedeutung und umfaßte, grob gesagt, alle bestehenden Institutionen. Durch dieses, wie mir schien, etwas unkritische Verhalten ein wenig gereizt, fragte ich, was mit »Vereinnahmung« gemeint sei. Darauf antwortete ein Mitglied der Gruppe, ein Philosoph und Theologe, indem er mich ziemlich heftig direkt aufs Korn nahm. Wenn ich, so erklärte er, gelegentlich im Fernsehen auftrete oder im Rundfunk spreche, werde ich, ohne es zu merken, buchstäblich »von der Konsumgesellschaft vereinnahmt«. Nach seinem eigenen Standort aber fragte er nicht. Wir befanden uns in einem nicht eben luxuriösen Haus, das aber mit einem leistungsfähigen Sekretariat und modernen Kommunikationsmöglichkeiten vorzüglich ausgestattet war. Übrigens war mein Gesprächspartner einer der Leiter und ein Hauptbenutzer dieses Hauses. Ich besaß nicht die Grausamkeit, ihn zu fragen, ob er bemerkte, daß er für seinen Teil viel stärker von der modernen Konsumgesellschaft »vereinnahmt« wurde und viel beständiger der Sklave ihrer Forderungen war...

Es gibt noch einen anderen Aspekt dieses Alibis der »schuldigen Gesellschaft«. Er betrifft den

Versuch, das lästige Gefühl zu überwinden, daß wir zur Umgestaltung der Strukturen und zur »Änderung des Lebens« *tatsächlich* unfähig sind. Man spricht ja oft davon, »das Leben zu ändern«. Was ist damit aber wirklich gemeint? Zu allen Zeiten und in jeder Gesellschaft gab es Menschen, die mit der bestehenden Lebensform aus gutem Grund unzufrieden waren und den Wunsch oder die gebieterische Notwendigkeit auch aussprachen, daß die Dinge anders werden müßten. Es gibt historische Augenblicke, in denen diese Unzufriedenheit so überstark vorherrscht, daß sich die Dinge – mit oder ohne Gewalt – tatsächlich ändern. Die Notwendigkeit weiterer Veränderungen wird damit aber keineswegs aufgehoben. Bisweilen wird man hart vor die Einsicht gestellt, daß es nicht genügt, das »Leben« zu ändern. Man müßte den ganzen Menschen ändern; das aber ist absolut unmöglich. So ist es nicht verwunderlich, wenn die eindrucksvolle Feststellung dieser entscheidenden Unmöglichkeit zur Schaffung eines Alibis führt, indem die Schuld auf eine mythische Person projiziert wird.

Das Kollektiv als Alibi

Man fragt sich aus gutem Grund, ob nicht eine der Hauptursachen für die Unordnung unserer

Zeit darin zu suchen ist, daß ein wesentlicher Widerspruch in der menschlichen Natur, für den keine Lösung abzusehen ist, geflissentlich gemieden und mißachtet wird: die konfliktgeladene Dialektik zwischen dem *subjektiven* Einzelnen und der *kollektiven Mehrzahl*. Die Entdeckung des unbewußten affektiven Lebens durch Freud und die in seinem Sinn fortgesetzten Forschungen bringen diese Dialektik an den Tag und erweisen ihre Unauflösbarkeit.

So nimmt es nicht Wunder, daß eines der Alibis unserer Zeit gerade in dem Versuch besteht, sich außerhalb dieser Dialektik zu stellen, indem man sie übersieht und verleugnet und seinen eigenen Platz *anderswo* sucht.

Einer meiner Freunde, natürlich ein Psychoanalytiker, und zwar einer der besten, spricht in seinen Vorlesungen gern von den »EFNA«. Das heißt: »Ethnologen, Freudianer, Nicht-Analytiker«. Es ist wirklich eine der seltsamsten Umkehrung Freudscher Erkenntnisse, sie in den Dienst von Theorien über Volksgruppen oder Gesellschaftsformen zu stellen, weil dadurch ihr wesentlicher Gehalt schließlich ganz verloren geht. Die Psychoanalyse ist ihrem Wesen nach etwas *Klinisches*. Studienobjekt in der analytischen Behandlung ist das Gespräch, wie es sich im Rahmen der aufkommenden ganz besonderen Beziehung ergibt. Die psychoanalytische Erfahrung führt zu allgemeinen Überlegungen, die das wirkliche Geschehen im menschlichen Leben und ganz besonders in der Entfaltung lebendiger Beziehungen von den ersten dunklen Zeiten des Daseins an ergründen möchte. Nur eine stete Bindung an die exakt beobachtete Wirklichkeit kann eine Reflexion über die Psychoanalyse davor bewahren, »vom Boden der Realitäten abzukommen«. Als solche zählen die tatsächlichen Vorgänge, nicht aber, was manche gerne geschehen sehen möchten...

Der Gedankengang mancher Soziologen (auf die die Bezeichnung EFNA zutrifft) verwendet zwar offensichtlich Freudsches Vokabular, verkennt und unterschlägt aber gründlich Freuds eigentliche Entdeckungen. Je nach Geisteshaltung kann daraus die vielsagende Behauptung werden: »Freud und die Psychoanalyse sind überholt.« Die Worte überraschen. Kann man denn angesichts der modernen Therapie und Chirurgie sagen, Pasteur und seine Entdeckungen seien »überholt«? Dabei wird beharrlich übersehen, daß bei Pasteur und bei Freud das *Vorgehen* absolut gleich, nämlich wissenschaftlich ist, das heißt um äußerste Treue gegenüber der beobachteten Wirklichkeit bemüht, ohne Ausflüchte in frühere Theorien oder für den Intellekt bequemere Abstraktionen gelten zu lassen.

Gar nicht so selten weist das Verhalten mancher dieser EFNA Züge auf, in denen man unschwer Verteidigungsreaktionen erkennen kann. Nur die Menschheit als Masse wird für interessant und zur wissenschaftlichen Erforschung geeignet erklärt. Damit wird übersehen oder vergessen, daß die Menschheit als Masse sich ja gerade aus Einzelpersönlichkeiten zusammensetzt, die untereinander in Beziehung stehen. Die Beziehungen hängen von der affektiven Entwicklung des einzelnen ab und tragen ihrerseits zu dieser Entfaltung bei. *Soziale Gruppen* gibt es nur, weil menschliche Personen sich um die Organisation ihres Zusammenlebens bemühen. Dieses Ziel hat die Menschheit übrigens niemals erreicht. Wie eine genaue klinische Beobachtung der konkreten Menschennatur zeigt, besteht auch keinerlei Aussicht, dieses Ziel jemals voll und ganz zu erreichen. Die Überlegungen von Freud in *Das Unbehagen in der Kultur* und von Hesnard in *Psychanalyse du lien interhumain* sind für solche Soziologen natürlich unannehmbar.

Es hat den Anschein, als ob manche Autoren, an deren intellektueller Tatkraft und Reichweite kein Zweifel besteht, sich *unbewußt* aber heftig gegen diese Frage wehren, indem sie bei einem regelrechten Alibi Zuflucht suchen, nämlich bei der »Soziologie«[4], die als *ausschließliche* Wis-

---

[4] Besser würde man von bestimmten Soziologien sprechen, die mehr »Ideologie« als Wissenschaft sind...

senschaft über Menschen in Massen verstanden wird. So umgeht man die doch zentrale Frage der affektiven Entwicklung der *einzelnen Subjekte*, aus denen sich die Menschenmassen ja zusammensetzen, und übersieht den damit verbundenen Einfluß und den daraus erwachsenden Konflikt. Um es ganz deutlich zu sagen: in einem Ameisenhaufen gibt es keine Konflikte. Dieser unablässig neu aufflammende Konflikt wird – das ist für die menschliche Natur geradezu charakteristisch – zur Quelle typisch menschlichen Verhaltens und jener ewigen, niemals fertigen Bemühung, die man Fortschritt nennt, samt aller damit verbundenen Doppeldeutigkeit.

Dieses Alibi erinnert mehr oder minder deutlich an die »Gesellschaft« als vorgegebene, schuldbeladene mythische Person, die wie bei Jean-Jacques Rousseau als imaginäres transzendentes Wesen verstanden ist. Mir scheint unbestritten, daß eine bestimmte, allerdings nicht mehr streng wissenschaftliche Interpretation der Gedanken von Karl Marx genau diesem Alibi entspringt. Schließlich dürfte eine gewisse »kollektivistische« Vorstellung von der Kirche als ideale menschliche Gesellschaft *in dieser Zeit* diesem Alibi ebenso nahestehen wie der kommunistische Mythos einer klassenlosen Gesellschaft. Der Widerstand beider Richtungen gegen die Stoßkraft der echten Psychoanalyse ist von gleicher Art. Beide Alibis beruhen gerade darauf, die wechselseitigen und überaus beunruhigenden Fragen der *Subjekte* systematisch zu verleugnen.

Eine gewisse, mehr oder weniger auf den Erkenntnissen der Psychoanalyse aufbauende Erfahrung in der Arbeit mit Gruppen zeigt, daß in ihrem Verlauf sowohl gemeinsam wie beim Einzelnen Dinge ins Bewußtsein treten, die langsam unerträglich werden. Geschieht diese Konfrontation im Rahmen einer strengen und unerbittlichen Analyse, kann sie schließlich zur Zerstörung der Gruppe führen, weil jeder lieber ein Minimum an Sicherheit außerhalb dieser Konfrontation im Unbewußten finden möchte. Wenn eine solche Erfahrung nicht gerade durch wer weiß welche Diktatur aufgezwungen worden ist, vermag sie jedem oder doch wenigstens manchem zu einer positiven Erleuchtung zu verhelfen, durch die man sich im Leben etwas leichter zurechtfinden kann. Meist kommt es so, daß alle, ohne es recht zu merken, ihren Teil dazu beitragen, das Problem »totzureden«. Durch seine unbekannte Herkunft und durch die unvermeidliche Angst bei der Konfrontation mit den anderen wird *jedes Subjekt* in Frage gestellt. Daraus erwächst ein Streben nach einer Art »Fusion«, nach Entpersönlichung und nach einem kollektiven Gruppenbewußtsein, in das man sich flüchten kann. Von diesem Augenblick an kann eine Gruppe übrigens in einer Art endloser kollektiver Selbstzufriedenheit »funktionieren«, mit der man die wirklichen Fragen leicht verdecken kann.

Nach heutigem Verständnis gleicht die sogenannte Gesellschaft – man sollte das im Blick behalten – einer Makro-Gruppe oder dem komplexen Wechselspiel verschieden wichtiger Mikro-Gruppen, deren jede als Zufluchtsmöglichkeit dienen soll, wenn die einzelnen *Subjekte* sich in beängstigender Weise gegenseitig in Frage stellen.

Es ist nicht immer leicht, in einer ausgesprochen zwischenmenschlichen Beziehung zu leben. Wenn diese zwischenmenschlichen Beziehungen sich so sehr vervielfachen und so vielgestaltige Begegnungen herbeiführen, wie dies in unserer modernen Welt geschieht, wird immer dringlicher nach einer *theoretischen* Konzeption gesucht, mit deren Hilfe man diese hartnäckige Unannehmlichkeit aus der Welt schaffen kann. Ich persönlich glaube, daß eine *bestimmte Form* des Sozialismus genau dieses gefühlsmäßige Alibi darstellt, das die Probleme auf mythische Art lösen möchte. Geht man dieser Denkweise ein wenig auf den Grund, stößt man auf ein mythologisches Heimweh nach einem goldenen Zeitalter oder einem irdischen Paradies.

Ich kann nur Ich selbst sein und mich über meinen Selbstand freuen, wenn ich zweierlei zugleich wahrnehme: meine Ähnlichkeit mit allen meinen menschlichen Artgenossen und die radikale Scheidung und Trennung ihnen gegenüber, durch die ich eben Ich und von ihnen unterschieden bin. Diese Dialektik von Ähnlichkeit und radikaler Verschiedenheit, die man schon an Menschen desselben Geschlechts wahrnehmen kann, tritt entscheidend und endgültig in der Gegenüberstellung der beiden Geschlechter hervor. Wenn die Psychoanalyse den wesentlichen Einsichten Freuds wirklich gerecht wird, stellt sie diesen Punkt als besonders unfaßlich und doch evident und im Unbewußten unerträglich heraus. Wir werden auf diesen wichtigen Gesichtspunkt noch zurückkommen.

Oft wird eine »marxistische Analyse« der Situation gefordert. Das mag eine Frage der Mode sein; doch es wäre kindisch, sich mit dieser Erklärung zufriedenzugeben, da dieses Vorgehen mehr oder weniger ausdrücklich der sogenannten »Freudschen« Analyse gegenübergestellt wird. Dabei handelt es sich nicht um den Übergang von einer Modeerscheinung zu einer anderen. Wenn eine Mode wechselt, liegen dafür dunkle, kollektive, affektive Gründe vor. Die sogenannte »marxistische Situationsanalyse«, für die oftmals leidenschaftliche und hochherzige, wenngleich illusorische Anstrengungen unternommen werden, geschieht in der Absicht, die unbequeme Herausforderung durch eine

»Freudsche« Analyse zu *verhindern*. Durch sie würde nämlich an die uns peinliche *Gewißheit* gerührt, daß jeder von uns auf verschiedenen Ebenen seines Bewußtseins die *Ungewißheit* seines Ursprungs, seiner letzten Identität und der Bedeutung seines Schicksals erlebt. Das widerfährt uns allen gemeinsam, während eine kollektive Bemühung nach Antworten auf diese letzten Fragen sucht. Manche soziologischen Vorstellungen erscheinen einem, der klinische Erfahrungen im Umgang mit dem wirklichen Menschenleben hat, als das ausgeklügelste Alibi für die letzte Unsicherheit der einzelnen Menschen, die diese gemeinsame und doch nicht mitteilbare Unsicherheit gemeinschaftlich erleben.

Das wohlbekannte, aber oft mißverstandene Wort Sartres: »Die Hölle, das sind die anderen!« offenbart das Unbehagen der modernen Welt. Befindet sich der abendländische Mensch nicht wirklich in einer mißlichen Lage? Er kann nicht allein leben, und er kann auch nicht in *Gemeinschaft* leben. Vielleicht verbirgt sich hinter der vielfachen Unordnung unserer Tage nichts als die vielgestaltige, angestrengte Suche nach einem Alibi für dieses als widersprüchlich empfundene Unvermögen.

Das Verhältnis zwischen dem einzelnen Subjekt und der Gesamtheit, deren Teil es bildet, ist als Problem nicht neu. Es geht auf den Propheten Ezechiel zurück, das heißt auf Denkansätze, die einige Jahrhunderte vor unserer Zeitrechnung ihren Anfang genommen haben. Erst sehr viel später ist daraus in konfliktgeladenen kulturellen Situationen ein Streitpunkt menschlichen Denkens, das heißt ein philosophisches Problem geworden.

In schroffem Gegensatz zu aller bisher allgemein verbindlichen hebräischen Tradition verkündet Ezechiel plötzlich im Namen Jahwes einen absolut neuen Gedanken: jeder Mensch ist für sein Tun und Lassen ganz allein *persönlich* verantwortlich. Das Sprichwort: »Die Väter haben unreife Trauben gegessen, und den Söhnen sind die Zähne stumpf geworden!« hat in Israel keine Geltung mehr. Auf diese Behauptung gehen übrigens auch alle Überlegungen und alle niemals beantworteten Fragen nach dem menschlichen Leiden zurück, wie sie beispielsweise im Buch Job anklingen und schließlich im Christus-Ereignis zum Bruch mit einer gewissen hebräischen Tradition führen. Nur einige Jahrhunderte später schuf die Begegnung dieser nun nicht mehr auszuschaltenden Aussage mit ausgesprochen *idealistischem* philosophischem Gedankengut in der griechisch-römischen und christlichen Welt der damaligen Zeit einen ersten, fortan für immer bleibenden Ansatz zu einer *Philosophie der Person*.

Ist einmal die Frage aufgeworfen, wie man sich die unergründliche Person Jesu Christi vorzustellen habe (ob als Mythos im strengen Sinn oder als historische Gestalt auf doppelter Ebene), kann der Mensch auch sich selbst nur noch als subjektiv und objektiv *zugleich* verstehen. Irgendwie erscheinen aber die beiden Sachverhalte, an denen das Denken nun nicht mehr vorbeikommt, doch miteinander unvereinbar.

In der Folgezeit überwiegt bald die Betonung des Subjektiven in Form des sogenannten Individualismus, bald wird das Kollektive stärker hervorgehoben. Der Nominalismus verfolgt eine Tendenz, die uns ausgesprochen abwegig erscheint: jedes Wesen existiert, allein auf sich selbst bezogen, ohne jede Beziehung zu den anderen in einer Art von schizophrenem Gefängnis. Man flieht in den Subjektivismus, weil man versucht, getrennt von den anderen man selbst zu sein, als ob die anderen diesem Selbstsein im Wege stünden. Dieser Weg kann nur zu quälender Angst führen, weil – so würde Jacques Lacan das bezeichnen – Ungewißheit über den für unser Seinsbewußtsein notwendigen Abstand zum anderen besteht. Wir brauchen *einen anderen* im weitesten Sinn; erst wenn wir uns ihm gegenüberstellen, wird uns unser Sein bewußt. Der subjektivistische Ansatz führt zwangsläufig zu einer unlösbaren Frage. Ich kann nur existieren, wenn ich mich von einem anderen *abhebe,* das heißt im Rahmen einer endlos wiederholten Beziehung. Die Ungewißheit über den Abstand zu diesem anderen, der sich als so verschieden erweist, kann einen Angsttaumel bewirken, der logischerweise dem Alibi des Kollektivismus Vorschub leistet oder einfach zur Verdrängung dieser unlösbaren Frage führt.

Vielleicht wird uns gerade in der heutigen Zeit auf einem notwendigerweise unbequemen Weg die folgende Dialektik bewußt. Nach den Erkenntnissen der Psychoanalyse ist der Wunsch nach Selbstsein der absolut wichtigste affektive Antrieb für die Entwicklung der menschlichen Persönlichkeit. Zugleich damit kommt das hinderliche und für beide Seiten unergründliche Problem des Strebens nach dem anderen ins Spiel. So schafft das Streben nach Selbstsein eine schwierige Situation. Unwillkürlich flieht man darum in das Streben nach einem *Kollektiv,* in dem gerade die *Frage des Subjekts* in seiner Besonderheit aufgehoben ist.

Eine harmonische Erkenntnis des eigenen Selbstseins kann nur in einem endlos erneuerten Konflikt mit dem *anderen* im allgemeinsten und umfassendsten Sinn dieses Wortes gelingen. Wird diese Bemühung aber unerbittlich durchgehalten, muß sie zu einer wahrlich fundamentalen Angst führen. Kein Wunder, daß sich als Gegenbewegung die Rückkehr zum Streben nach kollektiver Vereinigung zeigt, um dadurch sozusagen in die Anonymität zu versinken.

Die Abwesenheit der anderen als Alibi, die

Abwesenheit von mir selbst als Alibi – trifft das nicht genau den Bewußtseinsstand und die Problemlage des modernen abendländischen Menschen?

»Leben verboten!«

Verbieten verboten!... Diese explosive Formulierung war im Mai 1968[5] wenigstens eine Zeitlang in aller Munde. Sie ist ein Musterbeispiel für Illusion und Ausweglosigkeit in einem. Gewiß, unter dem vielfältigen Druck einer Welt, die mit ihren unangemessenen Strukturen alles niederhielt, regte sich damals – und zwar nicht nur in Kreisen der Jugend – die Sehnsucht nach einer Art Fest: »Nieder mit den Konventionen! Laßt uns etwas tun, damit wir aufatmen können!«

Ich erinnere mich, daß ich, als diese Formulierung aufkam, so etwas wie Angst empfand. Das Verbot des Verbietens ist der Gipfel aller Verbote, und damit wird jedes *Leben* unmöglich.

Ein Alibi ohne Ausweg...

Hier wird nämlich eine der wesentlichen und grundlegenden Forderungen des konkreten Menschenlebens verkannt. Grundbedingung für das *Selbstsein* ist – falls man so sagen darf –, das »Verbot«, ein anderer als man selbst zu sein.

---

[5] Das heißt während der Studentenunruhen in Paris. (Der Übersetzer.)

Könnte ich – eine wahnwitzige Annahme! – ein anderer als ich selbst sein, würde ich aufhören zu existieren. Genau das bezeichnet man als Wahnsinn. Ein Wahnsinniger ist innerlich oder äußerlich unfähig, sich zu erkennen und sich in seiner unwiderruflichen Identität erkannt zu fühlen. Ein Mann namens Dupont mit seiner einmaligen Lebensgeschichte, der sich in seiner Verblendung für Napoleon hält, ist buchstäblich *verrückt*. Nichts *verbietet* ihm, Napoleon zu sein; aber dann ist er nicht mehr er selbst. In welcher schweren unbewußten Angst mag ihm dieser Wahn wohl als Alibi dienen?

»Verbieten verboten!...« Setzen wir die einengenden Bestimmungen der Straßenverkehrsordnung doch einmal außer Kraft! Links Fahren ist nicht mehr verboten. Man darf freiweg die Kreuzung überqueren, weil es keine Ampeln mehr gibt. Es ist nicht mehr verboten, einem, der von rechts kommt, die Vorfahrt zu nehmen. Die Fahrzeuge dürfen die Bürgersteige benutzen... Verbieten ist verboten! In Anbetracht unserer konkreten Lebensbedingungen würde der Straßenverkehr bald ein böses Ende nehmen und das Bestattungswesen in große Schwierigkeiten bringen. Andererseits würde ein Verkehrsteilnehmer, der auf der Straße nur nach freiem Ermessen seiner Phantasie folgen wollte, zwangsläufig früher oder später anderen begegnen, die genauso fahren und, erschreckt durch sein Herannahen, plötzlich scharf bremsen, um dem Tode zu entgehen. Wer jedes Verbot ablehnt, benimmt sich wie ein absoluter Diktator, der allen alles verbietet.

Es gibt nichts Tyrannischeres als eine bestimmte Auffassung von Freiheit, die die Freiheit der anderen ausklammert oder leugnet. So entstehen die fortwährenden Konflikte unter den Menschen, sowohl im Einzelbewußtsein wie im Kollektivbewußtsein. Zu den beruhigendsten Alibis zählt immer noch die Aufstellung großer intellektueller Theorien; im allgemeinen stammen sie von Leuten, die kaum mit anderen Menschen konkret zusammenleben können. Psychoanalytisch ausgedrückt, handelt es sich hier um die Rationalisierung von Neurosen.

Dennoch taucht in allem menschlichen Tun die Frage gegenseitiger Bedrängung und Unterdrückung auf. Aber auch hier dürfen wir nicht auf die Beobachtung des wirklich Erlebten verzichten, so verwirrend dies auch sein mag.

Bestimmte Erfahrungen haben mich über diesen Punkt nachdenken lassen. Es war an einem Abend in einer Provinzstadt, wo ich vor einem großen Saal voll junger Menschen einen Vortrag gehalten hatte, an den sich nun eine Diskussion anschließen sollte. Nach meinen Darlegungen wurde ich von einem jungen Mann herausgefordert, der übrigens sehr sympathisch war und eine Art seltsamer Mischung von Danton und

Robespierre darstellte. Nach etwas wirren Worten, in denen sich immerhin eine wichtige Frage abzeichnete, schloß er in außergewöhnlich befehlendem Ton: »Antworte jetzt!« Es ist vielleicht mein Fehler, daß ich diese Art von Autorität nicht gut ertragen kann. Ob es wohl von einem übertrieben starken Bewußtsein meiner persönlichen Freiheit kommt? Amüsiert über sein Gebaren, machte ich, ohne viel nachzudenken, vor dem Mikrophon »Stillgestanden« – obwohl ich saß – und antwortete: »Jawohl, Herr General!«... Mir schien, daß dies die allgemeine Atmosphäre entspannte. Nun antwortete ich ihm in aller Ruhe auf seine trotz ihres äußeren Eindrucks doch sehr eindringliche Frage. Später habe ich mir überlegt: Wer hat in dieser Konfrontation wohl auf den anderen Druck ausgeübt? Niemand hat diesen jungen Mann und seine Begleiter gezwungen, zu meinem Vortrag zu kommen. Warum, mit welchem Recht und aufgrund welcher imaginären Vorstellungen glaubten sie *von vornherein*, einem Vertreter repressiver Kräfte gegenüberzustehen? Hier liegt ein Problem. Da ich den Gegenpol dieser Beziehung bildete, hatte auch ich zwangsläufig den deutlichen Eindruck, einen Vertreter der Repression vor mir zu haben.

Ein anderer Fall liegt weniger weit zurück. Eine Gruppe von etwa hundert Studenten und Studentinnen hatte mich eingeladen, mit ihnen eine Reihe Probleme zu diskutieren, die sich aus den neuen wissenschaftlichen Erkenntnissen (sowohl der Biologie wie der Psychologie) für das Verständnis des sexuellen Lebens ergeben. In diesem Kreise war ein junger Mann von etwa fünfundzwanzig oder sechsundzwanzig Jahren, der ohne jede Rücksicht auf den Verlauf des gemeinsamen Gesprächs von Anfang an versuchte, die Dinge an sich zu reißen, indem er jedermann mit – übrigens sehr interessanten – Fragen zur historischen Echtheit der Evangelien bedrängte... Nach einiger Zeit machte sich unter den Zuhörern ein gewisser Ärger breit, und einer der Gesprächsteilnehmer forderte ihn energisch auf, doch zu schweigen und die anderen zu Wort kommen zu lassen. Ehrlich erbost, wandte sich der junge Mann an den Sprecher und rief ihm verächtlich und voller Ärger »Faschist!« zu, was für ihn die höchstmögliche Beleidigung bedeutete. Da ich bei dieser Sache nur Zuschauer war, konnte ich mich in aller Ruhe fragen; wer war bei dieser Geschichte wirklich Faschist, das heißt, wer unterdrückte hier die anderen?

Angesichts mancher Äußerungen extremistischer Gruppen (gleichviel ob sie als links-extrem oder rechts-extrem gelten) drängt sich mir manchmal eine dumpfe aber bedrohliche Furcht auf, denn so haben in Italien, Deutschland und Spanien die von Fall zu Fall »sozialistisch« oder »katholisch« genannten Diktaturen mit all ihrem

Blutvergießen und ihren Zwangsmaßnahmen bestimmt auch einmal angefangen. Ist sowohl im Bereich zwischenmenschlicher wie sozialer Beziehungen tragischerweise jede Koexistenz so sehr unmöglich, daß man zum Alibi irgendwelcher Diktaturen seine Zuflucht nehmen muß?

Diese Frage, so scheint mir, drängt sich dem modernen Bewußtsein unmittelbar auf.

Die Tendenz geht auch dahin, sich in das Alibi der Theorien zu flüchten. Man hält sich zum Beispiel an die »Gesellschaft«, die wieder als übergeordnete Wesenheit verstanden wird, zu der wir nicht gehören. Die »Schufte« sind immer die anderen... Es ist interessant, in diesem Zusammenhang ein wenig über die Reaktionen der Leute auf bestimmte Ereignisse nachzudenken. Ein gefährlicher Totschläger, dessen vollkommen asoziales Verhalten niemand voraussehen kann, sitzt im Gefängnis, so daß seine weiteren möglichen Opfer einstweilen in Sicherheit sind. Durch listige Machenschaften gelingt eine aufsehenerregende Flucht, indem man sich die allgemeine Angst vor diesem Verbrecher zunutze macht und droht, irgendeinen Unschuldigen zu töten. Wie durch ein Wunder kann der Kerl wieder unschädlich gemacht werden, weil die Kaltblütigkeit einiger Männer, denen es gelungen ist, sich nicht beeindrucken zu lassen, ihn überrumpelt hat. Er kommt wieder ins Gefängnis, wo er vor sich selbst geschützt ist und auch die anderen vor ihm in Sicherheit sind. So prosaisch ist die Wirklichkeit. Der Fall ist keine Ausnahme, weil jede menschliche Gesellschaft immer Glieder umfaßt, die für ein positives Zusammenleben mit ihren Zeitgenossen völlig ungeeignet sind.

Diese verschiedenen Beispiele sind überstarke, unkontrollierte Äußerungen des Grundübels der für die Menschennatur typischen Aggressivität. Sie rufen leidenschaftliche Reaktionen hervor, die gerne in die genau entgegengesetzte Richtung gehen. Die großen Theorien werden auf sehr verschiedene Weise vorgetragen. Besonders eifrige Gegner der Gewalt werden in diesem Fall unter dem Einfluß eines plötzlichen irrationalen panischen Schreckens allzu leicht überzeugte Verfechter der Todesstrafe. Andere, aus nicht genau zu durchschauenden Gründen vielleicht weniger direkt bedrohte Leute halten sich an die »kapitalistische« oder »sozialistische« Gesellschaft, je nach ihrer sogenannten politischen Einstellung, in der allerdings etwas ganz anderes zum Ausdruck kommt.

So wird die tatsächlich unlösbare und für das Bewußtsein unbefriedigende Frage auf eine Weise beseitigt, die man eigentlich nur als intellektuelles Alibi bezeichnen kann. Denn die wahre, *absolut* lästige Frage, für die es keine harmonische Lösung gibt, heißt so: was soll in solch einer *konkreten* Situation geschehen, in der es sich von vornherein gar nicht um Lehrmeinungen handelt? Wir leben nun einmal gemeinsam, da es anders gar nicht geht. Jede menschliche Gruppe sucht, vorgängig zu jeder Überlegung, nach einer Existenzweise, die die Mitglieder dieser Gruppe in ihrem Dasein möglichst wenig bedroht. Werden die für ein Minimum an Koexistenz Verantwortlichen einer Gruppe – Stadt, Nation, Gesellschaft –, in der ein Mensch wie jener Totschläger lebt, den fraglichen Totschläger einsperren, um die anderen zu schützen, oder ihm volle Bewegungsfreiheit lassen, um ja nicht an seine Freiheit zu rühren? Ich für meinen Teil bin sicher, daß niemand eine befriedigende Antwort auf die Fragen findet, die das schier unerträgliche Problem der menschlichen Angst aufwirft, angefangen bei der Angst des Totschlägers, dem man bei objektiver Betrachtung der Dinge zubilligen muß, daß seine mörderische und für die anderen so gefährliche Aggressivität für ihn der Ausdruck einer Angst ist, die er weder erkennen noch lenken kann.

In den Außenbezirken einer Großstadt versieht ein ordentlicher und ziemlich friedlicher Mann den Nachtdienst an einer Tankstelle. Er möchte eigentlich nur eines: seine Arbeit verrichten können, den vorbeikommenden Autofahrern zu Diensten stehen, und so seinen geregelten Lebensunterhalt verdienen. Bei ihm geht das Leben mit seinen Freuden und Leiden ohne dramatische Probleme dahin, bis er mehrmals von bewaffneten Banditen überfallen wird. Diese Männer ziehen es vor, das Geld, das andere verdienen, zu stehlen – darin dem abenteuerlichen Gebaren nicht unähnlich, das je zu ihrer Zeit die Straßenräuber des Mittelalters oder die Sklavenhändler nach der Entdeckung Amerikas an den Tag gelegt haben. (Gerechterweise sei nebenbei angemerkt, daß diese Raubritter später Begründer großer Dynastien des Hochadels oder der Großindustrie geworden sind...) Die Räuber an der Tankstelle sind aber einstweilen nichts als Räuber. Allmählich packt den Tankwart der Zorn, so daß er, zweifellos auch aus Furcht, eines Tages selbst zuschlägt und einen der Banditen durch einen Gewehrschuß verletzt, bevor dieser die Pistole auf ihn richten kann. Er wird wegen vorsätzlicher Körperverletzung angeklagt. Diese leider ziemlich alltägliche Geschichte hat an sich gar nichts mit irgendeiner philosophischen oder politischen Einstellung zu tun. In ihr zeigt sich nur ganz deutlich die Aggressivität zwischen den Menschen. Sie gehört zum Wesen der Menschen und bleibt doch geheimnisvoll, obwohl sie seit dem Mythos von Kain und Abel bekannt ist. Es wird immer Menschen geben, die vor dieser unbehaglichen Seite der Menschennatur, die ihnen dennoch anhaftet, in das Alibi großer Theorien fliehen. Es wird auch immer Menschen – notfalls berufsmäßige

Philosophen – geben, die in leidenschaftlichem und »revolutionärem« Ton behaupten, eben dieses Drama sei die Folge der Konsumgesellschaft oder der kapitalistischen – oder, je nach Geschmack, der sozialistischen – Wirtschaftsordnung. In gewisser Hinsicht ist dies gar nicht so falsch: hätte man nicht das Automobil erfunden und die Technik der Treibstoffversorgung vervollkommnet, wäre dieser gute Mann nicht Tankwart geworden...

Was muß man also abschaffen, um in relativem Frieden und ohne derart mörderische Konflikte zusammenleben zu können: Die Automobilindustrie? Den Beruf des Tankwarts? Die Räuber?...

In einer derartigen Situation besteht das echte Alibi in der Flucht in große Theorien. Dabei übersieht man die Tücke der menschlichen Aggressivität, die bei *jedem von uns* und nicht nur bei den »anderen« jederzeit auf der Lauer liegt.

Man müßte also die Unterdrückung unterdrücken, wie man das Verbieten zu verbieten hätte. Ist man sich beim Aussprechen solcher Ungeheuerlichkeiten auch klar, daß dies der Gipfel der Unterdrückung und der Verbote wäre?

Führt man diese Überlegungen bis zu dem Punkt weiter, wo die Angst am größten ist, steht man vor der Frage des Krieges. Es ist doch nichts so unerträglich wie die Gräßlichkeit dieser unter dem Vorwand der verschiedensten Alibis planmäßig durchgeführten Massenmorde, besonders wenn sie niederträchtigerweise »ideologisch« verbrämt sind. Das ist buchstäblich nicht zu ertragen. Man muß »den Krieg bekriegen«, so wurde oft mit Recht verlangt.

Wahrhaftig! Ein Krieg gegen den Krieg! So wie man sagt: den »Halsabschneidern den Hals abschneiden«. Denn in Vergangenheit und Zukunft gab und gibt es immer Leute, die den anderen ihre Lebensauffassung aufzwingen wollen, koste es diese anderen auch das Leben. Das ist der letzte Sinn ideologisch bedingter Kriege. Dafür gibt es in unserer Epoche ziemlich erschütternde Beispiele: die Nazi-Abenteuer, die Sowjet-Diktatur, der Vietnam-Krieg...

Man muß den Krieg bekriegen, das heißt jene töten, die den Krieg wollen.

Begreifen wohl die leidenschaftlichen »Pazifisten«, die Andersdenkende zu töten bereit sind, die Ungeheuerlichkeit des Alibis, mit dem sie einerseits ihre eigene Aggressivität und andererseits die unlösbare Herausforderung des menschlichen Ungenügens zu verbergen suchen?

Das Alibi der Ordnung

Es gab und gibt wohl zu allen Zeiten und in jeder menschlichen Gesellschaft einerseits Leute, die gegen die bestehende Ordnung »kontestieren«, und andererseits energische Parteigänger für die Aufrechterhaltung dieser Ordnung. Der Pulsschlag dieses tiefgreifenden Konflikts kann verhalten oder heftig sein, auf alle Fälle bildet dieser Grundkonflikt letztlich den wesentlichen Kern des sozialen Lebens, wie immer es organisiert ist.

Die Ordnung aufrechterhalten... Was aber heißt das? Das Wort ist doppeldeutig, denn es gibt eine »Marschordnung« und eine »bestehende Ordnung«. Das ist beileibe nicht dasselbe, denn die *bestehende* Ordnung erinnert eher an Unbeweglichkeit. Musik wird von Menschen geschaffen. Sie unterscheidet sich von Kakophonie und Stille durch die Anordnung der Töne nach einer vielgestaltigen dynamischen Ordnung. Die Violoncelli müssen zum Beispiel genau in dem Augenblick einsetzen, wo es im Ablauf der Symphonie vorgesehen ist. Diese Forderung ist begreiflicherweise von grundlegender Bedeutung... Die einzelne Stimme und ihr Platz im Rahmen einer bestimmten Marschordnung werden im Zusammenhang mit allen anderen Stimmen verständlich und sinnvoll; sie steht in dem unendlich reichen Netz von Beziehungen, in dem ein Gedanke ausgedrückt und *verstanden* wird. Dies ist, wie mir scheint, eines der eindrucksvollsten Beispiele für eine »Marschordnung«.

Für einen Marsch im wörtlichen Sinn gilt das

übrigens ganz genauso. Ich kann nur marschieren, wenn ich einen Fuß vor den anderen setze... Auf einer Autobahn müssen die Autos schön hintereinander herfahren. Was passiert, wenn sie alle auf einmal an derselben Stelle fahren wollen, ist bekannt. Solches Verhalten tötet. »Die Ordnung einhalten« – jetzt nicht mehr von der Musik, sondern vom Leben überhaupt und von der Organisation der Gemeinschaft gesagt – bekommt bei manchen Leuten langsam einen genau entgegengesetzten Sinn. Es bedeutet dann: die *bestehende* Ordnung aufrechterhalten, also verhindern, daß die Dinge anders werden, daß der Marsch gelingt, daß das Leben weitergeht. Ebenso gut könnte man, um bei unserem Vergleich zu bleiben, an einer bestimmten Stelle der Symphonie mit irgendeinem Akkord innehalten, den man für vollkommen hält und um jeden Preis festhalten möchte, damit er sich nicht ins Schweigen verliert... Für das Beispiel des Marsches würde es bedeuten, mit erhobenem linken Fuß mitten im Schritt zu einem Standbild zu erstarren, das man als endgültige Gestalt festhalten möchte.

Es ist für Menschen, die mit der Leitung einer Gemeinschaft betraut sind, zweifellos nicht leicht, zu erkennen, wann der Wunsch, eine *Marschordnung* aufrechtzuerhalten, unmerklich in das dunkle Bestreben umschlägt, alles in einer *bestehenden* Ordnung erstarren zu lassen. An diesem Punkt bleibt die Versuchung zum Alibi nicht aus. Bewegung heißt Veränderung, heißt Wagnis des Unbekannten, das nur in der Vorstellung existiert, so daß man von vornherein nicht wissen kann, wieviel wirklichkeitsfremdes Hirngespinst mit im Spiel ist. Immer besteht – individuell und kollektiv – die Furcht, Gewohnheiten zu ändern, weil Gewohnheiten Sicherheit schaffen. Das ist zwar eine Binsenwahrheit, aber man lebt so gerne dahin, ohne nach dem Sinn dieser Binsenwahrheiten zu fragen.

Im Gegensatz zum Tierreich muß die Menschheit immer wieder selbst ihre Marschordnung bestimmen und ihre Organisationsform festlegen, um nicht nur einigermaßen ausgewogen weiterzuleben, sondern um besser zu leben und die tiefgreifende Unsicherheit zu überwinden, die immer wieder neu aufkommt. Die Art und Weise dieses »Zupackens« hängt jeweils von den Vorstellungen über die Welt, den Menschen und den Sinn seines Daseins ab und begründet die sogenannte Zivilisation im weitesten Sinn des Wortes, während Kultur die Gesamtheit dieser – mythischen, rationalen oder wissenschaftlichen – Vorstellung selbst ist, worin natürlich auch dunkle, urtümliche Elemente enthalten sind. Man könnte zwar endlos darüber diskutieren, welchen Sinn man den beiden Begriffen »Zivilisation« und »Kultur« beilegen soll; für den Augenblick erscheint es hinreichend, sie in der beschriebenen Bedeutung zu verstehen.

Diese als Zivilisation bezeichnete Marschordnung kann natürlich nicht jedermann in derselben Weise zufriedenstellen. Immer werden einige Glieder bevorzugt sein, während andere frustriert oder »unterdrückt« werden. Das ist kein Zufall, sondern liegt nun einmal im Wesen einer jeden menschlichen Organisation. Was man als Ordnung bezeichnet, ist die Tatsache, daß diese Zivilisation ohne wesentliche Änderung weiterläuft. Die Marschordnung strebt danach, etwas Endgültiges zu werden. Für den Menschen ist es aber gerade bezeichnend, daß er auf Grund seiner tiefen Unzufriedenheit und Unruhe nach einer Verbesserung seines Daseins trachtet. Obgleich alle Zivilisationen in gleicher Weise als Marschordnung angelegt sind, bringt doch eine jede ein Stück Fortschritt mit sich, mag es auch sehr langsam vorangehen. Vom primitiven Pfeil, dessen Spitzen man noch in vorgeschichtlichen Höhlen findet, bis zu den allerfrühesten Formen der Artillerie sind viele Jahrtausende vergangen. Das besagt, wenn man einmal nur dieses Beispiel aus vielen anderen herausgreift, daß in diesen Jahrtausenden die verschiedenen Zivilisationen sich nicht sehr schnell entwickelt haben. Jede Art Fortschritt vollzog sich so langsam, daß der Lebensstil selbst sich fast unmerklich anglich, ohne die eigentliche Struktur der Zivilisation, in der das Leben sich abspielt, mit in Frage zu stellen.

Die moderne Welt, deren Beginn man vor allem für Europa mit dem Übergang vom sechzehnten zum siebzehnten Jahrhundert ansetzen kann, ist umgekehrt von der beängstigenden Geschwindigkeit gekennzeichnet, mit der sich Fortschritte aller Art (in Wissen und Technik) einstellen, wodurch gerade die bisher übliche Lebensform in Frage gestellt wird. Auf wirtschaftlichem Gebiet kann die sogenannte kapitalistische Struktur als Beispiel gelten. In unseren Tagen wird die Menschheit durch eine sich aufdrängende Erkenntnis aufgerüttelt: man muß die Dinge unbedingt anders in den Griff bekommen, um gemeinsam auf die bestmögliche Weise zu leben. Wir stehen unbestreitbar vor der Notwendigkeit eines tiefgreifenden Wandels.

Das aber schafft Angst, und zwar je nach individueller Veranlagung auf sehr verschiedene Weise. Jeder Wechsel bedeutet zunächst einen Aufbruch ins Abenteuer. Dabei muß gleichsam alles aufs Spiel gesetzt werden, irgendwie sogar auch das Leben. Diese Furcht ist verständlicherweise für manch einen so stark, daß sie die Möglichkeit eines Aufbruchs ins Abenteuer für sich gar nicht erst ins Auge fassen. Aufs Ganze gesehen hat die Menschheit unserer Tage sehr große Ähnlichkeit mit Tartarin de Tarascon, wenn man so sagen darf: einerseits möchte er gerne ins

Abenteuer ziehen und in »Türkien« auf die Jagd gehen, andererseits hat er wenig Lust, die warmen Pantoffeln auszuziehen und sein Leben aufs Spiel zu setzen.

Die Furcht gewisser Leute vor den in der heutigen Welt fälligen Veränderungen hat sehr naheliegende Gründe. Wenn die Marschordnung unserer Zivilisation grundlegend umgestoßen wird, droht den davon am stärksten Betroffenen der Verlust ihrer auf Besitz und Macht gebauten Sicherheit. Wenn ein großes Unternehmen wirklich kollektiv geführt und verwaltet wird, kann dem »großen Boß« passieren, daß er nur noch einer unter anderen ist und nicht mehr in zwei oder drei Jahrzehnten ein »Riesenvermögen« zusammentragen kann. Privatsammlungen mit Bildern großer Meister, Schmuck, Wochenendhäuser, Luxusjachten – damit ist es dann vorbei.

Nebenbei sei angemerkt, daß eine Lebensordnung, die einigen den Erwerb bedeutender Kunstwerke gestattet, letztlich dazu führt, daß diese wenigen alle anderen dieser Kunstwerke berauben, da sie sie für sich ganz allein in Beschlag nehmen und sie so der allgemeinen Bewunderung entziehen. Diese Haltung ist das genaue Gegenteil der mittelalterlichen Auffassung. Damals wurden auf den Fassaden und im Inneren der Kathedralen die herrlichsten Kunstwerke der Allgemeinheit dargeboten. Niemand wird bestreiten, daß eine bestimmte Auffassung von »Privat«-Eigentum *(propriété »privée«)* zu *Raub*-Eigentum *(propriété privante)* führt.

Auf den ersten Blick ist es also vollkommen normal und logisch, wenn die Herren über Besitz und Macht beim Gedanken an irgendeine Art von Enteignung von panischem Schrecken erfaßt werden und, ohne erst viel zu überlegen, den spontanen Wunsch empfinden, *die Ordnung aufrechtzuerhalten*. Nun geht es nicht mehr um eine Marschordnung, denn die Entwicklung der Dinge erheischt ja gerade einen Wechsel, sondern um eine verfestigte und verhärtete Ordnung. Das alles steckt in dem Ausdruck: »die *bestehende* Ordnung aufrechterhalten«. Sicherheit gibt es hier nur durch Besitz und Macht im materiellen oder finanziellen Sinn. Daneben kommt noch der Besitz an Wissen in Betracht. Manche Leute, die nicht unbedingt über finanzielle Macht zu verfügen brauchen, sind zutiefst davon überzeugt, daß sie im Rahmen einer bestimmten bestehenden Ordnung über Wissen (nicht im Sinne von Wissenschaft) verfügen und die richtige, sagen wir philosophische, Meinung über die Welt, den Menschen und die Dinge haben. Auch sie sind in Versuchung, jede Veränderung heftig abzulehnen, da ihre affektive Sicherheit ganz entschieden auf dem Spiele steht.

Denkt man darüber nach, zeigt sich hier eine

echte Alibi-Haltung: eine bestimmte Vorstellung vom »Bewahren der bestehenden Ordnung« besteht in einer angestrengten Flucht vor der aufgeworfenen Frage. Hier wird alles darangesetzt, *anderswo zu sein* ...

Das Alibi des Idealismus

Zeitunglesen ist, wie jeder weiß, lehrreich und außerdem voller Abwechslung, wenigstens in Bezug auf die Darstellungsweise. Eines aber überwiegt allenthalben: Skandale, Auseinandersetzungen, Gewalttaten, Gaunereien, Kriege... Mit Befremden muß man feststellen, daß eine gewisse Presse mit masochistischem Vergnügen die von anderen Menschen erlittenen Scheußlichkeiten vor uns ausbreitet...
Niemand käme auf die Idee, diese verschiedenen Begebenheiten des Alltags für etwas Neues zu halten... Skandale, Auseinandersetzungen und Gewalttaten hat es immer gegeben, und nicht einmal nur als Randerscheinung. Ein Krieg kann sogar ein Musterbeispiel für ein Alibi sein – das sei hier doch einmal angemerkt. Was 1972 über den »Vietnam-Krieg« gesagt wird, dient dazu, die Motive zu verschleiern. Einerlei, ob es dabei um eine kommunistische Gesellschaftsordnung geht oder nicht, wichtiger als alle diese »ideologischen« Vorurteile ist die bedeutungs-

schwere historische Wirklichkeit heutiger menschlicher Gruppen, wobei Gruppe natürlich im allerweitesten Sinn zu verstehen ist. Für die Geschichte der Halbinsel Indochina war es stets bezeichnend, daß die Bewohner von Tonkin im Norden die Vorherrschaft über die viel friedlicheren und ländlicheren Bewohner des Südens, also Kotschinchinas, anstrebten. Diesen Umstand nahm übrigens Frankreich Ende des vergangenen Jahrhunderts zum Vorwand für sein Eingreifen. Was haben die Amerikaner dort zu suchen? Die sogenannten ideologischen Gründe verdecken doch nur andere, andersartige Gründe – das durchschaut doch wirklich jeder...

Aber kehren wir zur Presse zurück, wo man die *schmutzigen* Seiten des konkreten Menschenlebens dargestellt findet und lesen kann, wessen der Mensch fähig ist. Hier geht es um *Feststellungen,* nicht um *Wertungen.* Es ist keineswegs Pessimismus, sondern wissenschaftliche Redlichkeit, wenn man mit dem Scherzwort sagt: »Jeder Gesunde ist ein Kranker, der nichts von seiner Krankheit weiß«...

Die roten Ameisen verzehren mit Leichtigkeit ein Kaninchen, wenn sie es haben erbeuten können. Der Ameisenbär frißt die Ameisen. Doch die Ameisen fressen sich nicht selbst gegenseitig auf.

Wohl aber der Mensch! *Das steht fest.*

Gegenüber dieser Tatsache gibt es eine erste Haltung: sich darüber freuen oder sich passiv und ergeben damit abfinden. So machen es die Kriegsgewinnler und die »Raufbolde« und alle, die immer klein beigeben.

Daneben steht, aus besonders edlen Beweggründen erwachsend, als zweite Haltung der Idealismus, worunter nicht das Anstreben eines Ideals, sondern eine Illusion zu verstehen ist, die sehr schnell zu einem echten Alibi wird, ohne daß die Betroffenen selbst es bemerken. Daß die Menschen sich gegenseitig verschlingen, *muß aufhören.*

Diese Haltung besteht in einer angstgequälten Verkennung der Wirklichkeit. Mit Jacques Lacan könnte man sagen: »Wirklich ist das Unmögliche.« Diese elementare Wahrheit wird in den ersten affektiven Auseinandersetzungen des Kindes im Kampf ums Überleben deutlich. Das heftige, aber noch ungeformte Streben des Kindes stößt zunächst auf seine Umwelt, sehr schnell aber auch auf innere Widerstände, die für diese Strebungen buchstäblich undurchdringlich sind. Allmählich geht das Kind mit seinem Verhalten auf diese Unmöglichkeiten ein, um wenigstens mit ihnen zurechtzukommen. In der Fachsprache sagt man: das Lustprinzip stößt auf das Realitätsprinzip. Dieser Konflikt zwischen dem Streben und seinen unüberwindlichen Hindernissen verschwindet im Verlaufe der späteren affektiven Entwicklung keineswegs, sondern wird in das tiefer eingewurzelte Bewußtsein einer unauflösbaren Unruhe umgestaltet. Für manche besteht die Lösung in einer echten Flucht in eine imaginäre Welt, was man als jugendgemäße Phase dieser Haltung bezeichnen könnte. Da die Wirklichkeit unerträglich ist, *erträumt* man sich buchstäblich ein vollkommenes, ganz und gar ungestörtes Dasein, in dem die dunklen Konflikte der eigenen Aggressivität – weit entfernt von einer Lösung – verschleiert oder vernunftgemäß eingeordnet werden.

Man muß »das Leben ändern«, das heißt man darf sich mit den Gegebenheiten nicht zufrieden geben und nicht gut nennen, was offensichtlich schlecht ist. Wer immer nur klein beigibt, folgt auch einem Alibi, indem er den entscheidenden Kampf sozusagen von unten her falsch einschätzt. Wer aber meint, man könne durch technischen Fortschritt, wirtschaftliche Veränderung oder durch Revolution die konkrete Wirklichkeit der Menschennatur ändern und ein für allemal beim Individuum wie beim Kollektiv die dunkle Ambivalenz der Aggressivität aufheben, dessen Denken gleicht buchstäblich den Träumereien eines Jugendlichen.

Seit einigen Jahren ist der Begriff »Utopie« häufig zu hören, wird aber in einem Sinn gebraucht, der von seiner anfänglichen Bedeutung mehr oder weniger abweicht. Rabelais bezeichnete damit ein imaginäres Idealreich, das es nicht wirklich gibt. Etymologisch kommt das Wort von »u-topos«, das heißt »Nicht-Ort«. Im neunzehnten Jahrhundert bezeichnete »Utopie« noch ein politisches Ideal, das ohne Rücksicht auf die Realität aufgestellt worden ist. In *Nouvelles Nourritures* von André Gide zeichnet sich eine Verschiebung des Sinns ab: »Jeder große Fortschritt der Menschheit ist der Verwirklichung einer Utopie zu verdanken!« Denkt man an den ursprünglichen Wortsinn, ist dieser Satz völlig absurd, denn »Nicht-Ort« besagt ja gerade, daß jede Verwirklichung gänzlich ausgeschlossen ist. Vielleicht wird diese Sinnverschiebung allgemein übernommen, ohne etwas dabei zu denken. Man benutzt diesen Ausdruck zur Bezeichnung eines politischen Ideals, das nicht verwirklicht ist, dem man sich aber annähern könnte, so daß es richtungsweisend für unser Handeln wird. An welchem Punkt aber wird die Grenze zwischen Ideal und *Trugbild* überschritten? Das läßt sich nur sehr schwer festlegen... Über den Begriff »Trugbild« scheint größere Einigkeit zu bestehen, so daß man die Definition aus dem Wörterbuch von Robert übernehmen kann: »Trügerische Vorstellung, die man für Wirklichkeit zu halten geneigt ist.« Zwischen der heute gängigen »Utopie« einer besseren Weltordnung und dem Trugbild einer vollkommenen Welt ohne jeden Konflikt ist der

Übergang manchmal fließend. Die leidenschaftliche Leugnung einer Wirklichkeit, der man nicht ins Antlitz blicken kann, ist nichts anderes als ein Alibi.

Als Beispiel diene hier ein kurzer Text. Ich garantiere für seine Echtheit, möchte aber gewisser Rücksichten wegen die Quelle nicht nennen. »Die Pariser Kommune zeigt eine mögliche Lebensform auf, in der alle endlich von den Dingen befreit sind, ohne die nach hergebrachter Auffassung menschliches Leben unmöglich ist... Die Pariser Kommune ist der unwiderlegliche, strahlende Beweis, daß der sogenannte Realismus Lug und Trug ist. Als die Pariser am 19. März 1871 erwachten, fanden sie alle lebenswichtigen Einrichtungen nicht mehr vor: Verwaltung, Polizei, Regierung, Staat. Ihr Leben wurde dadurch jedoch keineswegs gestört; vielmehr entfaltete es sich jetzt erst zu voller Blüte.«

Auf den ersten Blick könnte man diese aus ihrem Zusammenhang gerissenen Sätze für einen netten Spaß oder einen geistreichen Einfall, wenn nicht sogar für einen Schabernack halten. Aber das sind sie nicht. Im Zusammenhang des Textes sind sie als ganz ernste Aussage gemeint. Man glaubt selbst zu träumen... Befreit von den Grundlagen ihrer Lebensordnung – so erwachen die Pariser in diesem groß angelegten, aber kindischen Traum des Autors. Niemand kann mir verbieten, daß ich, um die musikalische Seite dieses Vorfalls zu beschreiben, mir ausmale, wie an diesem Tage alle Pariser spontan und endlich ungehindert ihren Winden freien Lauf lassen, und zwar jeder in der notwendigen Tonhöhe und im richtigen Moment, damit das Ganze wie die Hymne an die Freude aus der Neunten Symphonie Beethovens klingt...

Das Alibi des Idealismus ist vielleicht das trügerischste und gefährlichste. Wenn es zusammenbricht – und das bleibt niemals aus –, hat das böse Folgen: dann wird beschuldigt, gelitten, gemordet und abgerechnet...

Jenseits der Stratosphäre

Bisweilen lebt man »hinter dem Mond«. Das passiert jedem einmal, natürlich in verschiedenem Maß. Dann ist man »anderswo«. Anderswo, als man wirklich ist... Man denkt an etwas anderes.

Seit einigen Jahren ereignet sich etwas absolut Neues. Es ist Menschen gelungen, *auf* dem Mond herumzulaufen. (Ein paradoxer Sprachgebrauch zwingt zu der Feststellung, daß die Reise zum Mond einen so angespannten und vielfältigen Einsatz und so große Konzentration von diesen Menschen verlangte, daß sie auf keinen Fall »hinter dem Mond« sein durften...).

Von nun an können die Menschen also nicht mehr nur »hinter dem Mond« leben, sondern auch »auf dem Mond« sein. Das läßt sich nicht mehr rückgängig machen; wird dadurch aber etwas anders? Wie man feststellen muß, dient auch diese Tatsache als Alibi, und zwar als eines der tragischsten unserer Zeit.

Dieser Erfolg ist den ungewöhnlichen Fortschritten in allen Sparten der Technik, vor allem aber in der Elektronik zu verdanken. Wohlweislich wird aber verschwiegen, daß dieselben Fortschritte gleichzeitig auch zu ganz anderen Zwekken eingesetzt werden. Während gerade die Astronauten die Oberfläche des Mondes betrachteten, warfen im selben Augenblick Superbomber besonders ausgeklügelte Superbomben ab und richteten unter einer völlig wehrlosen Bevölkerung ein Blutbad an. Auch das ist eine *Tatsache*. Sie beleuchtet besonders kontrastreich den Widerspruch, der der menschlichen Natur innewohnt.

Diese Tatsache ist keineswegs besonders oder gar ausschließlich für Amerika gültig. Wie man sieht, versorgen auch die Russen andere Völker reichlich mit todbringenden Waffen, während sie selbst einen Roboter auf den Mond schicken. Der Gedanke ist gar nicht so wirklichkeitsfremd, daß eines Tages ein zu einer machtvollen politischen, wirtschaftlichen und technischen Einheit zusammengewachsenes Europa auch so zu handeln bestrebt sein wird.

Das Erstaunlichste an dieser Geschichte ist,

daß sich alle Welt – wenigstens beim ersten Mal ... – freudig auf dieses Sicherheit verheißende Alibi stürzte. Man konnte über diese »großartige Heldentat« in Presse und Fernsehen und in vielen Gesprächen ausgiebig reden. Einer der Astronauten sagte, glaube ich, sogar, als er den Fuß auf diesen vollkommen öden Boden setzte: »Dies ist ein kleiner Schritt für den Menschen, aber ein großer Schritt für die Menschheit.« So wurde für jedermann einen Augenblick lang der Anschein erweckt, der unheilbare Zwist sei beigelegt; vorübergehend *sah man nicht,* daß die Menschheit ewig »auf der Stelle tritt« und nicht davon abläßt, sich zur selben Stunde gegenseitig mit immer raffinierteren Waffen umzubringen. Wenn man nach der Begeisterung über den Erfolg wieder zur Ruhe kommt, kann man ehrlicherweise kaum ein fast peinliches Gefühl der Lächerlichkeit unterdrücken, in das sich vielleicht eine dunkle Ahnung von Angst mischt...

Das Alibi der Mondfahrt, das übrigens schnell seine Faszination eingebüßt zu haben scheint, hilft den Großmächten über das Schuldgefühl oder die verhaltene, aber immer lauter werdende Beschuldigung hinweg, daß auf allen Gebieten dieselben Fortschritte ganz bewußt, wenngleich sorgsam verborgen, zur beängstigenden Vervollkommnung der Vernichtungsmöglichkeiten verwendet werden.

Hier liegt das Problem. Es bricht so heftig auf, daß alle großen ideologischen Redereien wie ein verzweifelter Lärm erscheinen, der die aufgeworfene Frage übertönen soll. *An sich* ist die Mondfahrt eine glänzende Leistung der Menschheit. Durch gewaltige Anstrengungen in wissenschaftlicher Forschung und technischer Anwendung hat der moderne Mensch eine konkrete *Möglichkeit* geschaffen, die in die Tat umsetzt, was bei Jules Vernes oder Cyrano de Bergerac reines Phantasiegebilde gewesen ist. Das eigentliche Alibi besteht darin, *nur* diese unbestreitbare Errungenschaft zu *sehen*, und alles übrige *nicht* zu *beachten*...

Wachstum wohin?

Neulich las ich mit Spannung in einem Bericht, wie Veränderungen in der Industrie die Lebensbedingungen eines Ortes in zwanzig oder dreißig Jahren umgestalten können. Eine der dort ansässigen Textilfabriken beschäftigte 1960 dreißig Arbeiter. Schnell fortschreitende Verbesserungen der Maschinen und der Herstellungsverfahren brachten es mit sich, daß dieselbe Fabrik 1972 nur noch drei Arbeiter beschäftigte, obwohl die Produktion sich inzwischen verdoppelt hatte.

Diese vielleicht banale Tatsache mag uns höchst erstaunlich vorkommen. Sie ist ganz einfach und doch zugleich beängstigend. In zwölf Jahren sind siebenundzwanzig Menschen überflüssig geworden und haben ihren Broterwerb verloren; doppelt so viele Blusen und Hemden werden hergestellt; die Weltbevölkerung wächst rasch, so daß genügend Bedarf vorhanden ist.

Was geschieht mit den siebenundzwanzig Menschen, die nach und nach ihre Arbeit verloren haben? Sie müssen wieder von vorne anfangen. Konkret bedeutet das mindestens zweierlei: Sie müssen, allein oder mit ihrer Familie, ihren Wohnsitz verlassen, in die nächste, notfalls aber auch in eine weiter entfernte Stadt ziehen und dort in ihrem alten Beruf unterzukommen versuchen. Gelingt das nicht, muß ihnen der Übergang in einen anderen Beruf ermöglicht werden. Dazu aber müssen unablässig neue Industriebetriebe entstehen, die dann durch ständige Verbesserungen wieder immer weniger Arbeitskräfte brauchen und dennoch mehr produzieren, so daß das Spiel von neuem beginnt...

In den großen Reden und Diskussionen über Fragen der Wirtschaft wird, wie mir scheint, ein Punkt immer heimlich umgangen. Gewiß, ich als Laie empfinde angesichts der Kompliziertheit der wirtschaftlichen Probleme und der Sprache der Fachleute von vornherein einen vielleicht verdächtigen Argwohn. Wird aber nicht trotz aller beachtlichen Leistungen, die auf regionaler, nationaler und internationaler Ebene unternommen werden, um recht und schlecht die neu aufgekommenen Probleme zu lösen, eine Tatsache verkannt oder beharrlich geleugnet? Alles Wachstum bedeutet Entfaltung bis zu einem gewissen Punkt, dann geht es wieder abwärts bis hin zum Tod. Diese biologische Grundwahrheit gilt auf der Stufe des Menschen auch vom Wachsen, Schwinden und Aussterben einzelner Zivilisationen, gleichviel ob darüber Jahrhunderte oder Jahrtausende vergehen. Unsere europäische Zivilisation hat nach ihrer Entstehung im siebzehnten Jahrhundert einen ganz unwahrscheinlichen Aufschwung genommen; seit Beginn des neunzehnten Jahrhunderts sind Wachstum und Entwicklung besonders stark. Die sogenannten hochentwickelten Länder sind in diesem Teufelskreis die Schrittmacher für andere Länder, die als Kunden und als Lieferanten für Rohstoffe und eventuell auch Arbeitskräfte in Frage kommen. Dieser Teufelskreis verstärkt pausenlos seine eigenen Widersprüche, nämlich die Versklavung der Menschen durch die Menschen und die schrecklichen Kontraste des Elends. Man braucht nur die konkreten Verhältnisse in unseren modernen Großstädten zu betrachten, um die ganze Tragik der Situation zu sehen. Unsere Zivilisation ist zu einem gewaltigen Mahlwerk geworden, das den Menschen zwischen seinen Rädern zerreibt. Niemand bleibt davon verschont; niemand kann sich dagegen schützen.

Hier setzt oft das sogenannte Alibi der Politik ein. Um die beängstigende Kernfrage nicht zu sehen, die sich für den modernen Menschen aus dem Ergebnis seiner eigenen Bemühungen durch zwei oder drei Jahrhunderte ergibt, flieht man in vage, mehr oder weniger theoretische Diskussionen über die bestmögliche Gesellschaftsform. Es mag um Staatskapitalismus oder Privatkapitalismus gehen – in jedem Fall erweist sich das Funktionieren der Expansionsmaschinerie als immer unmenschlicher und immer beunruhigender. Seit einiger Zeit zeigen sich übrigens an diesem Alibi brüchige Stellen. Allenthalben beginnen einige Beobachter mit Scharfsinn und Weitblick – Philosophen, Psychologen und Industrielle – ernsthaft zu fragen, ob man nicht besser die *Expansion zum Stillstand bringen* sollte.

Genau an diesem Punkt tritt das Alibi der »Ideologien« in Erscheinung. Es ist sicher bezeichnend, daß dieser etwas seltsame Ausdruck gerade in jüngster Zeit wieder viel zu hören ist. Ideologien jedweden Ursprungs bieten sich als Ideensysteme zur bestmöglichen Gestaltung der Gesellschaft an. Bei näherem Zusehen entdeckt man in diesen verschiedenen Systemen sehr unterschiedliche Elemente, von denen nicht wenige wie echte Mythologien aussehen. Verborgenes Heimweh nach einem irgendwie doch für erreichbar gehaltenen »goldenen Zeitalter«, wissenschaftliche oder pseudowissenschaftliche Studien philosophischer Art über wahrnehmbare soziale Phänomene, ein Überwiegen von zugleich großherzigen und aggressiven imaginären Faktoren – all das und zweifellos noch vieles andere ist beim Aufkommen dieser Ideologien im Spiele. Es ist keineswegs verwunderlich, daß sie gerade in dem Augenblick von allen Seiten auftauchen, wo die *Wirklichkeit* der Zivilisation immer bewußter als *unmöglich* erfahren wird, um den Ausdruck von Jacques Lacan abzuwandeln. Dem modernen Menschen wird bewußt, daß er sich selbst zerstört, während er sich eigentlich aufbauen wollte, und daß dies völlig unbegreiflich, widersprüchlich und unannehmbar ist. Darum flieht er vor seinem dunklen, unbewußten Schuldgefühl in den Traum der Ideologien.

Überall in der Welt wird von einigen Leuten schon die Frage gestellt, ob man nicht die Expansion stoppen sollte. Forschungsgruppen haben darüber schon ernsthafte Untersuchungen angestellt, besonders in Amerika. (Das ist nicht verwunderlich, weil die Vereinigten Staaten dieses Problem besonders stark zu spüren bekommen.) Ist es überhaupt möglich, das Wachstum aufzuhalten? Der Mythos vom unbegrenzten

Wachstum hat eine solche Anziehungskraft, daß selbst mehr oder weniger namhafte Leute – zum Beispiel in der katholischen Kirche – sich davon in Bann ziehen lassen.

Das Wachstum stoppen! Dem Höllentanz Einhalt gebieten oder wenigstens das Tempo erheblich verlangsamen, um *leben* oder auch nur überleben zu können. Damit sind wir wieder bei einem Einfall von Georges Duhamel, der jetzt geradezu wie eine Vorahnung erscheint. Es müßte, so schlug er vor, zu einem »Streik der Erfinder« kommen. Damit war das Problem getroffen.

Ist so etwas aber möglich? Man wird es in dem Maße bezweifeln dürfen, wie man sich selbst von irgendwelchen noch so idealistischen und humanitären Illusionen freihält, durch die man um jeden Preis den grundlegend dramatischen Charakter des menschlichen Daseins verleugnet. Um so etwas zu erreichen, wäre ein so hohes Maß an zugleich persönlicher und kollektiver Entsagung nötig, daß daran gar nicht ernstlich zu denken ist. Alle Männer müßten darauf verzichten, stärkere, schnellere, bequemere Autos zu haben als ihre Kollegen. Alle Frauen müßten darauf verzichten, eine größere Waschmaschine und ein leistungsfähigeres Waschmittel zu haben als ihre Nachbarin. Der scheinbar positive, in Wirklichkeit aber oft so schmutzige Wettstreit des »immer besser« und das »besser als die anderen«

müßte ganz aufhören. Die Nationen müßten darauf verzichten, einander zu beherrschen und einander auszubeuten, und zu einer Koexistenz finden, in der jeder Wetteifer um Macht und Entfaltung eine Weile entschlossen hintangesetzt wird. Dies war schon der alte Traum des Völkerbundes; dies ist die theoretische Grundlage der Vereinten Nationen; dies ist zweifellos auch eines der Motive, die überall die Bemühungen für ein Vereintes Europa vorantreiben. Man braucht aber nur die Augen aufzumachen, um ernsthafte Zweifel zu bekommen, ob die Verwirklichung auch nur auf einem kleinen Teilgebiet möglich ist. Was zum Beispiel im Nahen Osten oder in Vietnam seit mehr als zehn Jahren geschieht, steht in direktem Gegensatz zu dieser Hoffnung. Am traurigsten dabei ist, daß dieser Wetteifer sich am stärksten auf dem Gebiet des Kriegsmaterials austobt, so daß die Mordwaffen immer vollkommener werden.

Wird unsere heutige Zivilisation den Zusammenbruch der politischen und ideologischen Alibis ertragen und den Mythos unbegrenzter Expansion in Frage stellen können? Es steht zu befürchten, daß dies nicht gelingt.

Das Alibi der Revolution

Zu den deutlichsten Symptomen für das Grundübel unserer Zivilisation gehört eine bestimmte

Sorte von Presseveröffentlichungen. Es gibt eine luxuriös aufgemachte Wochenzeitung, deren geistiges Niveau im umgekehrten Verhältnis zu der glänzenden Aufmachung steht. Die künstlerische Gestaltung dient als trügerisches Alibi für großartige Inserate und eine abgöttische Huldigung an Geld und Weltlust. Natürlich findet man in Blättern dieser Art keine ehrliche, objektive und ungefärbte Dokumentation über die Kämpfe in Biafra, die wirklichen Probleme im Nahen Osten, die Ängste der Vietnamesen, usw.

Aber man findet dort beispielsweise großartige Photos von Rio de Janeiro. Auf einem besonders schönen Bild sieht man fast die ganze Stadt und die wunderbare Bucht. Ganz deutlich erkennt man die erdrückende Macht und den stolzen Reichtum der ultramodernen Wolkenkratzer Seite an Seite mit dem erbärmlichen Elend der Favelas. Daß der Photograph den ersteren mehr Aufmerksamkeit widmet als den letzteren, braucht nicht eigens gesagt zu werden. Leider war es wohl unmöglich, die Armenviertel ganz von der Bildfläche zu verbannen. Ein anderes Photo zeigt ein paar Leute in glanzvoller Sommergarderobe in vornehmer Umgebung am Strand. Irgendein begüterter Aristokrat, der sich als »Kunstmäzen« aufspielt; zwei, drei Sternchen vom Schlagerhimmel, mit Geldmitteln angenehm ausgestattet, als typisches Produkt der industriellen Expansion; einige Komparsen als

Schmarotzer oder Helfershelfer. Das Ganze wird als Gipfel des Erfolges dargeboten! Bei diesem Anblick möchte man sich empören, wenn man bedenkt, was in Brasilien wirklich vorgeht. Das unermeßliche Elend und das ungeheure Unrecht werden mit Vorbedacht total unterschlagen. Einer der wenigen, die es enthüllen und zu seiner Überwindung beitragen wollen, ist Helder Camara. Dieses Elend und dieses Unrecht schüren unaufhaltsam das Verlangen der Menschen nach einer Revolution. Man wird an den empörenden Gegensatz erinnert, der in den letzten Jahren des achtzehnten Jahrhunderts zwischen dem Hof von Versailles und dem übrigen Frankreich bestand. Man spürt förmlich das Bedürfnis, diese Marionetten endlich von ihrem Podest herunterzuholen. Vielleicht ist das der einzige Weg zu ihrer Rettung? Der Gedanke drängt sich auf, daß ohne Guillotine Ludwig XVI. ein jämmerlicher Hampelmann und Marie-Antoinette eine unausstehliche Prunk-Puppe geblieben wären. Am Ende bleibt den »Aristokraten« oder den »Bürgerlichen« mit ihrer Finanzmacht oder ihrem später vor den Namen gesetzten »von« nur die Geltung als Opfer ihrer eigenen Nichtigkeit.

Es geht nicht ohne Guillotine. Paradoxerweise ist dieses finstere Gerät das Ergebnis »humanitärer« Bemühungen eines großherzigen Arztes aus dem achtzehnten Jahrhundert. Und doch – wieviele schmutzige Geschichten rund um die Guillotine! In manchen Augenblicken glaubt man, die gebieterische Notwendigkeit von Revolutionen zu spüren, und doch werden auch sie leicht zum Alibi, wenn die »Flucht nach vorne« in die Bemühung umschlägt, ungelöste Probleme zu verschleiern. Die Geschichte weiß von der ältesten bis zur neuesten Zeit zu berichten, wie das zugeht und wohin das führt. Nur einige wenige Beispiele: die Revolution führte in Frankreich zu Napoleon, in Deutschland zu Hitler, in Italien zu Mussolini, in Rußland zu Stalin, in Spanien zu Franco...

In jeder halbwegs bedeutsamen menschlichen Organisation kommt es unweigerlich zur Beherrschung der einen durch die anderen. Dabei ist nur sehr schwer zu bestimmen, in welchem Augenblick die notwendige und irgendwie vitale Marschordnung, die auf gegenseitigem Einverständnis und wechselseitigem Dienst beruht, unversehens zur *Ordnung* schlechthin und damit zur »bestehenden Ordnung« wird, in der die Mächtigen die anderen zermalmen und ausbeuten, anstatt ihnen zu dienen. Im allgemeinen bewirkt dieser Übergang von der Marschordnung zur »bestehenden Ordnung« fataler weise eines Tages eine mehr oder weniger brutale und radikale Veränderung, die man dann als Revolution bezeichnet.

Hier beginnt das eigentliche Alibi im Sinne

eines aufrichtig bekundeten, schmeichlerischen guten Gewissens. Revolutionäre treten immer im Namen eines besonders bewundernswerten und mitreißenden Ideals in Aktion. Dahinter steht aber immer auch, getragen von Wunsch und Wille, ein tätiger Drang zur Macht, um die eigene Sicht der Dinge durchzusetzen. Bisweilen, so sagten wir, kann eine »Revolution« dringend nötig sein. Es wäre aber naiv zu verkennen, daß jede revolutionäre Bewegung – natürlich ohne Wissen der meisten ihrer Vorkämpfer – den Keim dieses Alibis für den eigenen versteckten Machthunger in sich trägt. Natürlich gesteht man das weder sich noch anderen ein, weil man ja dagegen gerade ankämpft.

Darum wurden die heftigen Umwälzungen mancher Epochen wohl auch mit dem Ausdruck »Revolution« bezeichnet. Etymologisch bedeutet das Wort ursprünglich die Kreisbewegung eines Körpers, der durch seine eigene Bewegung wieder an seinen Ausgangspunkt zurückkehrt...

Einführung der Psychoanalyse

Die vielleicht wichtigste Einsicht in unserer modernen Welt besagt: wissenschaftliches Vorgehen schafft, wenn es unerbittlich angewandt wird, die Gewißheit *radikalen* Nicht-Wissens. Mit endgültigen Lösungen und letzter Machtvollkommenheit ist es aus. Kein Wunder, daß man angesichts dieses Verlustes vielerlei Verteidigungsreaktionen und Rückzugsversuche beobachten kann. Heutzutage besucht ein hochangesehener Wissenschaftler beispielsweise heimlich einen Quacksalber oder eine Kartenlegerin, während man vor dreitausend Jahren das Orakel in Delphi befragte.

Der letzte Forschungsbereich, auf den die modernen Verfahren angewandt worden sind, ist der Mensch selbst, der nun nicht mehr philosophisch betrachtet, sondern streng wissenschaftlich erforscht wird. Den Kernbereich dieser Forschungen hat zweifellos Freud erschlossen. Das Nicht-Wissen über sich selbst lastet schwerer auf dem Menschen als die Unkenntnis, die die ihn umgebende Welt betrifft. Darum kann es gar nicht ausbleiben, daß der Mensch zu verschiedenen Formen der Verteidigung, der Leugnung und der Ausflucht greift. Darüber ein wenig nachzudenken, ist nicht nur interessant, sondern geradezu unerläßlich.

Wie sich geistige Welten aus der Zeit vor der Psychoanalyse gegen deren Aufkommen verteidigt haben und noch heute verteidigen, ist bekannt – sie verbieten die Psychoanalyse oder ignorieren sie systematisch. Die beiden typischen Beispiele für diese Haltung sind die katholische Kirche vor dem Zweiten Vatikanischen Konzil und die Internationale Kommunistische Partei. Reaktionen hoher römischer Stellen vor etwa zwanzig oder dreißig Jahren sind dafür bezeichnend. Eine wenigstens analoge Haltung führte zu dem nur zu gut bekannten Fall Galilei. Auf diesem Gebiet hat sich vieles geändert. Was man zuerst mit Verboten abgewehrt hat, ist später schon oft als Problem anerkannt worden. Über den sowjetischen Bereich können wir nur schwer etwas Genaues sagen. Es ist aber beispielsweise bezeichnend, daß in der Tschechoslowakei nach dem Einmarsch der Sowjets die zaghaften Versuche zur Einführung der Psychoanalyse keineswegs weitergeführt worden sind. Diese Behauptung stützt sich auf das unmittelbare Zeugnis eines Arztes aus Prag.

Manche Soziologen werden richtig aggressiv, wenn die Rede auf die Psychoanalyse kommt. Manche Wissenschaftler zeigen eine sehr verwandte Haltung, wenn sie sich auch anders ausdrückt, zum Beispiel durch herablassende Ironie. Manche philosophischen Strömungen verwerfen oder entstellen gründlich die Erkenntnisse Freuds.

Eines haben diese verschiedenen Haltungen gemeinsam: sie sehen alle nach Flucht aus. Man meint, sie wollten eine lästige Kluft auf politische oder rationale Weise auffüllen. Die Fragen nach dem Menschen werden so gestellt, daß man wenigstens eine den Intellekt zufriedenstellende theoretische Lösung findet. Ein wenig Hellsichtigkeit genügt, um hier ein echtes Alibi zu entdecken: anderswo sein, um seine Ruhe zu haben. Anderswo als an dem überaus unerquicklichen Ort, den die Psychoanalyse uns einzunehmen zwingt. Durch die sogenannten politischen Ideologien, durch die angebliche »Objektivität« der Wissenschaft (das heißt die Illusion ihrer Absolutheit) und durch die eng zusammenhängenden philosophischen Gedankengebäude wird etwas Wichtiges, zugleich aber Lästiges angezweifelt – vielleicht sogar geleugnet... Dieses bedeutende »Etwas«, das man mit Eifer übersehen oder verschleiern möchte, ist ganz einfach die Tatsache, daß das konkrete Menschenleben aus unendlich vielfältigen, komplexen und verflochtenen zwischenmenschlichen Beziehungen besteht, daß diese Beziehungen wesentlich auf der niemals zu beantwortenden Frage der Dualität der Geschlechter beruhen und in der nicht minder unlösbaren Dialektik zwischen Sein und Vergänglichkeit ins Bewußtsein treten.

Zwischenmenschliche Frage und Gegenfrage

An einem Juniabend saß ich vor einem Lokal an einem der Tische, die auf dem engen, sehr belebten Bürgersteig standen. Am Nachbartisch saß ein Ehepaar von etwa vierzig oder fünfzig Jahren. Sie schienen auf jemanden zu warten. Bald kam ihr Sohn dazu, der, wie ich aus den ersten Worten des Gesprächs entnehmen konnte, gerade ein Examen überstanden hatte. Es war ein »normaler« junger Mann mit langen Haaren und zwangloser, aber unauffälliger Kleidung. Er nahm einen Stuhl vom Nachbartisch und rückte ihn so an den Tisch seiner Eltern, daß der Bürgersteig noch erheblich schmaler wurde. Seine Mutter wies ihn vorsichtig darauf hin: »Du behinderst die Passanten.« Gleich kam die Antwort: »Die scheren mich einen Dreck!« Man konnte die Reaktion des Jungen verstehen und entschuldigen, da er den ganzen Tag der Nervenprobe eines für ihn wichtigen Examens ausgesetzt gewesen war.

Interessant aber ist die Überlegung: »Die anderen scheren mich einen Dreck.« Man wird an Jean-Paul Sartre und seinen bekannten Satz erinnert: »Die Hölle, das sind die anderen.« Zweifellos meint Sartre nicht dasselbe wie dieser Student... Aber darum geht es doch: die anderen sind uns häufig *hinderlich*. Ich selbst, im Augenblick von niemandem gestört, überlegte: die geduldigen Passanten, die sich auf dem Bürgersteig durchzuschlängeln versuchen, um nicht von den Autos erfaßt zu werden, würden wohl ebenso reagieren wie der Student. Wollte man ihnen klarmachen, daß der junge Mann Platz braucht, um bei seinen Eltern sitzen zu können, dürften auch sie sehr leicht erwidern: »Das schert mich einen Dreck!«

So ist das konkrete, das alltägliche Leben – vor seiner theoretischen Behandlung an einem einsamen Schreibtisch voller Bücher oder in der abgeschlossenen Welt einer politischen Partei oder aufwendiger Theorien, die nur den geistigen Narzißmus befriedigen und anstacheln.

Für jeden von uns besteht das Leben aus einer Vielzahl von Beziehungen zu anderen, und zwar von Geburt an – vielleicht sogar noch früher... Wenn es mit diesem »anderen« ohne dramatischen Zwischenfall abgeht, erweist sich mit jenem »anderen« jede Begegnung als unmöglich, weil man sie der unausweichlichen Konflikte wegen lieber meidet, wenn jeden Augenblick ein echter Kampf losbrechen kann. Es gibt Leute, denen man lieber nicht begegnet. Am schwersten aber fällt die meist versäumte Einsicht, daß ich für den »anderen« ebensosehr und genauso grundverschieden der *andere* bin wie er für mich. Da diese zwischenmenschlichen Beziehungen nicht vereinzelt auftreten, sondern unendlich vielgestaltig und voller Wechselwirkungen sind, erweist sich das menschliche Leben als eine überaus schwierige Angelegenheit. Darum scheint auch, wie Dr. Hesnard sagt, »die so tief ersehnte echte und volle Koexistenz mit allen und jedem absolut unmöglich zu sein«.

Gerade das aber können wir nicht ertragen.

Es kann hier natürlich nicht darum gehen, alles aufzuzählen und darzulegen, was die Psychoanalyse seit ihren Anfängen unter Freud über diesen Grundtatbestand an nun nicht mehr philosophischer, sondern klinischer Einsicht erbracht hat. Hier mag der Hinweis genügen, daß genau in der Begegnung mit dem anderen – bewußt oder vollkommen unbewußt – ganz allgemein Konflikte und Ängste hervortreten. Gleichzeitig schafft die Begegnung mit dem »anderen« oftmals eine bereichernde Erkenntnis des eigenen Ich, gerade weil der andere er *selbst* ist. Widmet man dem wirklichen Geschehen ein wenig Aufmerksamkeit, erkennt man in jeder Begegnung auf beiden Seiten ein instinktives Suchen nach narzißtischer Ähnlichkeit und nach einer die eigene *Identität* begründenden Verschiedenheit. Die Begegnung gestattet, sich einerseits im anderen irgendwie wiederzuerkennen und sich zugleich als absolut anders und verschieden, das heißt als man selbst in seiner eigenen Identität – *gleich* und *verschieden* aufeinmal – zu erfahren. Diese Zweiseitigkeit in der gegenseitigen Erkenntnis, die für das persönliche und das allgemeine Bewußtsein so bedeutsam ist, birgt buchstäblich die Gefahr der Entfremdung in sich. Man beachte, daß diese bleibende Bedrohung bis in die bestgelungenen und dauerhaftesten zwischenmenschlichen Beziehungen reicht. Entfremdung – damit ist eine existentielle Situation gemeint, in der man sich aus den verschiedensten Gründen als nicht mehr für das eigene Ich verantwortlich erfährt, vergleichbar dem Erlebnis, daß ein anderer mich nicht mehr als autonomes und gleichwertiges Subjekt ansieht. Diese Gefahr ist keine Randerscheinung, sondern ein wesentliches Bauelement der konkreten menschlichen Beziehungen. Die Psychoanalyse beweist – zweifellos wird ihr darum auch soviel Mißtrauen entgegengebracht –, daß diese Ambivalenz zwischen Verschiedenheit und Entfremdung geradezu die Voraussetzung für das subjektive menschliche Bewußtsein ist. Die Beobachtung eines unter Wölfen aufgewachsenen Kindes zeigt, daß dieses nicht einmal ein Minimum an eigentlichem Bewußtsein und an Sprache erlangen konnte, eben weil die konfliktgeladene Begegnung mit einem menschlichen Gegenüber, das heißt die zutiefst ambivalente Erfahrung der die Identität begründenden Verschiedenheit und die Gefahr der Entfremdung fehlte.

Es ist hier zweifellos nötig, zwei Themen aufzugreifen und darzulegen, die Jacques Lacan und seine Schüler besonders herausgestellt haben. Es handelt sich dabei keineswegs um eine poetische oder mythologische Konstruktion, sondern um klinische Erkenntnisse, die sich zwangsläufig aus der exakten Beobachtung des affektiven Lebens ergeben. Ich brauche die beiden Themen nur zu nennen. Das erste ist die »Eingangskastration«, wobei der Ausdruck »Kastration« natürlich symbolisch zu verstehen ist. Keiner von uns kann geboren werden und außerhalb des Mutterschoßes zu atmen anfangen, wenn er nicht einen unwiederbringlichen Verlust hinnimmt, und zwar die buchstäbliche *Amputation* eines Teils seines biologischen Ganzen: Fruchtblase, Mutterkuchen, Nabelschnur. In Anbetracht der typisch menschlichen Struktur des Gehirns wird dieser Verlust, der jedem von uns bei der Geburt widerfährt, nicht nur biologisch erlebt, sondern berührt schon dunkel – er wird auch verborgen bleiben – das eigentliche psychische Leben mit allen seinen anfänglichen unbewußten Strukturen. Für das Kind spielt sich die Geburt so ab, als ob der »andere«, der übrigens erst später entdeckt wird, das Fehlende *weggenommen* habe. Die Dialektik des ersten verlorenen narzißtischen Objekts bestimmt unweigerlich die gesamte spätere affektive Entwicklung und auch die oben erwähnte Ambivalenz der Identität begründenden Verschiedenheit und der Entfremdung.

Das zweite Thema ist das der Angst. Hier sei ein Satz von Jacques Lacan wörtlich wiedergegeben: »Angst bricht auf, sobald der schützende Abstand wegfällt.« Damit ist ganz einfach das unausstehliche Mißbehagen gemeint, das man empfindet, wenn man im vollen Bewußtsein der eigenen Einmaligkeit ohne jeden Abstand zu seinem Gegenüber bleibt. Die Umgangssprache drückt diesen Sachverhalt übrigens mit verschiedenen banalen Redensarten aus. Von einem etwas aufdringlichen Menschen sagt man gelegentlich: »Er schnürt mir die Luft ab!« Es ist absolut notwendig, daß der andere physisch und psychisch einen gewissen Abstand einhält, damit eine Beziehung entstehen kann, in der ich mich nicht unweigerlich bedroht fühle, unterdrückt und vereinnahmt zu werden. Dieses Phänomen könnte man nach Freudscher Terminologie in die »Psychopathologie des Alltagslebens« einreihen. Wir alle – einzeln und gemeinsam – »kranken an den Beziehungen«. Die Grausamkeit einer Psychoanalyse, die Freuds *wissenschaftlichen* und nicht nur philosophischen Intuitionen treu bleibt, besteht gerade darin, uns dies unausweichlich klarzumachen. Kein Wunder, daß man sich mit allen möglichen Alibis dem zu widersetzen sucht ...

Der Zugang zur *Wirklichkeit* des anderen ist für jeden von uns nur auf dem Weg über die eigenen Strukturen der Phantasie möglich. Der Weg führt also über die zunächst vollkommen unbewußten und später überformten Vorstellungen von sich selbst und seiner Umgebung, die jeder seit den ersten dunklen Anfängen seines selbständigen Daseins in sich trägt. Diese Bedingung gilt ganz allgemein und wechselseitig. Es kann sein, daß die Strukturen der Phantasie den Zugang zur *Wirklichkeit* des anderen buchstäblich verbauen; dies gilt für den einzelnen wie auch kollektiv für eine Gruppe Menschen mit verwandten Strukturen. Ich glaube, ich habe dafür eine sehr treffende klinische Bestätigung erlebt, die besonders interessant ist, weil sie auch, wenngleich nicht in unmittelbar psychotherapeutischer Weise, mit Worten ausgedrückt und gleichsam erläutert worden ist. Während einer Vortragsreihe an einer kanadischen Universität traf ich einige junge Leute aus Quebec, die sich aus ihrer familiären Tradition und ihrer Erziehung eine (wie mir jedenfalls schien) wahrlich unhaltbare Vorstellung von »Kirche« und »Männern der Kirche« zurechtgelegt hatten. Meine eigenen Strukturen und mein eigener Werdegang brachten es mit sich, daß ich mit meinem ausdrücklichen Glauben an Christus so gar nicht ihren Vorstellungen entsprach. Die Grundlage ihres Daseins war – wenigstens zum damaligen Zeitpunkt – eine aggressive Auflehnung gegen jene Vorstellungen, die sie in sich trugen. Durch einen scheinbar seltsamen, bei näherem Zusehen jedoch folgerichtigen Zusammenhang bedachten diese jungen Leute mich mit heftiger Aggressivität, gerade weil ich nicht den von ihnen bekämpften Phantasiegebilden entsprach und sie daher im Vollzug ihrer Auflehnung gewissermaßen frustrierte. Der hier

geschilderte Vorgang ist ziemlich verbreitet, ja fast alltäglich, nur hat man nicht allzu häufig Gelegenheit, ihn hinlänglich zu betrachten, zu analysieren und zu durchleuchten. Das Beispiel kennzeichnet gut die wesentliche Schwierigkeit zwischenmenschlicher Beziehungen. Der Zugang zur Wirklichkeit des anderen ist – natürlich in beiderlei Richtung – ohne volle Durchlässigkeit absolut unmöglich, da die Unklarheit der Phantasiegebilde einer vollauf zufriedenstellenden Erkenntnis immer hinderlich im Wege steht.
Vereinfachend, aber schematisch korrekt könnte man den klinischen Begriff der Psychose so umschreiben: ein bestimmter Mensch ist gleichsam total unfähig, zur *Wirklichkeit des anderen* und irgendwie auch zu seiner eigenen Wirklichkeit vorzustoßen. Die *Neurose* ist dann als andauernde und besonders lästige *Schwierigkeit* beim Vorstoß zur Wirklichkeit des anderen und des eigenen Ich anzusehen. Als »Normalzustand« ergibt sich dann eine fortdauernde, aber überwindbare Schwierigkeit auf dem Wege zu sich selbst und zu den anderen.
Bei manchen *doktrinären* Konstruktionen muß man sich wirklich fragen, ob sie nicht angesichts dieser den zwischenmenschlichen Beziehungen innewohnenden Grundschwierigkeiten echte neurotische oder sogar psychotische Alibis errichten. Die Extremisten sowohl der sogenannten »Rechten« wie der sogenannten »Lin-

ken« liefern dafür ziemlich regelmäßig ein sehr bezeichnendes klinisches Anschauungsmaterial.

Es ist ein beklemmender Gedanke, daß der Denkansatz eines Wilhelm von Ockham binnen zwei oder drei Jahrhunderten die philosophische Lehre gründlich umgestaltet hat, da er doch selbst (soweit man sich darüber ein Urteil erlauben kann) schwer geisteskrank – wahrscheinlich schizophren und paranoisch – gewesen zu sein scheint.

Die Dualität der Geschlechter und ihre Alibis

Der Konflikt zwischen der Identität begründenden Verschiedenheit und der Entfremdung erreicht seinen Höhepunkt natürlich in der *Urfrage* der Dualität der Geschlechter.

Hier erscheint der Hinweis notwendig, daß diese Dualität der Geschlechter eine erstrangige biologische Tatsache, keinesfalls aber ein »kulturelles Faktum« ist. Was die verschiedenen Kulturen aus dieser vorgegebenen biologischen Tatsache gemacht haben, ist natürlich sehr unterschiedlich. Wollte man aber in der Verschiedenheit der Geschlechter beim Menschen lediglich ein kulturelles Phänomen sehen, wäre das ein anschauliches Beispiel für Fehlurteil und Alibi. Ein anderes Fehlurteil wird in der Tatsache sichtbar, daß manche philosophischen oder theologischen Lehrsysteme diese entscheidende Frage jahrhundertelang mit völligem Stillschweigen übergangen haben.

Der Mythos eines ursprünglichen Zwitterwesens ist sehr alt. Er klingt übrigens noch zu Beginn des Buches Genesis an, wo es heißt, daß Adam eine Rippe entnommen wird, um daraus Eva zu schaffen. Darin ist ausgesagt, daß die Dualität der Geschlechter immer mehr oder minder deutlich als Bruch und Trennung und als ein Herauslösen aus einer ursprünglichen Einheit verstanden wird. Kein Wunder, daß dies in den Mythologien und in der Kultur als eine Art Leiden und als echter fundamentaler Konflikt zum Ausdruck kommt und daß das Heimweh nach einem früheren streng mythischen Zustand alle Kosmogonien und alle »religiösen« Vorstellungen prägt, wenigstens soweit man ihrer habhaft werden kann. Unsere moderne Welt hat auf wissenschaftlichem Weg die Sicherheit erlangt, daß dieser frühere mythische Zustand niemals wirklich existiert hat. Hier handelt es sich um einen echten Umsturz des Denkens, der zweifellos viel bedeutender ist, als man auf den ersten Blick meinen möchte. Die stets als schmerzlicher Konflikt erlebte Dualität der Geschlechter kann nun nicht mehr durch die Illusion einer Rückkehr zu mythischen Vorstellungen gelöst werden. Fast könnte man sagen, die heutige Welt müsse sich mit der leidigen Frage der »sexuellen

Zerrissenheit« auseinandersetzen, ohne bei irgendwelchen Ausreden oder Alibis Zuflucht suchen zu können.

Wie Freud nachweist, wird in unserer Zivilisation die Geschlechtsverschiedenheit von frühester Kindheit an in Gestalt der Kastrationsangst erfahren. Das »Objekt«, nämlich der Phallus, ist für die psychologische Strukturierung der Persönlichkeit von ganz entscheidender Bedeutung – durch sein Vorhandensein, durch sein Fehlen oder durch die Gefahr des Abhandenkommens. Diese Feststellung bewirkt, wie es scheint, einen so tiefen Schrecken, daß manche Geistesrichtungen bemüht sind, den Sachverhalt zu übersehen oder seine Wichtigkeit zu leugnen oder Freud vorzuwerfen, er habe nur Märchen aufgetischt. Schon mit geringer klinischer Erfahrung weiß man, daß alle diese Versuche vergeblich sind, weil die Dialektik der Kastration von absolut zentraler Bedeutung ist.

Von den dunklen Anfängen der ersten Monate und Jahre an vollzieht sich im unmittelbar biologischen Bereich dieser anatomischen Struktur – darauf sei noch einmal hingewiesen – die affektive, psychische Wahrnehmung der geschlechtlichen Verschiedenheit. Das andere Geschlecht wird als seltsam ähnlich *und* absolut anders erfahren. In der Dualität der Geschlechter erreicht die Dialektik zwischen Identität und Verschiedenheit ihren Höhepunkt. Auf entscheidende

Weise, jedoch zum Teil unbewußt, wird jeder Mann durch die Frau (und jede Frau durch den Mann) im Kernpunkt dieser Dialektik in Frage gestellt.

Schließlich bildet die Sexualität den Ausgangspunkt. Jeder von uns nimmt seinen subjektiven biologischen Anfang durch die geschlechtliche Verbindung eines Mannes und einer Frau, das heißt durch eine Situation, von der der neue Mensch zwangsläufig *ausgeschlossen* ist, obwohl sie ihn im höchsten Maße angeht. Für ihn ist dieses »Urgeschehen« – die geschlechtliche Vereinigung der Eltern – nach Lage der Dinge gewissermaßen »verboten«, weil er unmöglich dabeisein kann. Dies sind ganz elementare Einsichten, über die man aber niemals nachdenkt. Wenn man in irgendeiner Form von Sexualität redet, spricht man letztlich von sich selbst, und zwar nicht nur von der eigenen Sexualität im landläufigen Sinn, sondern von der eigenen Existenz insgesamt.

Eine den Anfängen mythisch zugeordnete dramatische Trennung, die Drohung der »Kastration« auf vielerlei Weise, die unauflösbare Dialektik zwischen Identität und Verschiedenheit, die tiefe Ungewißheit über den Quellpunkt unseres eigenen Ursprungs, dessen Kenntnis uns nach Lage der Dinge vorenthalten bleibt, – alle diese Gründe erklären nur zu gut, daß die Dualität der Geschlechter die zwischenmenschlichen

Beziehungen äußerst zwiespältig und schwierig werden läßt. Freud hat unsere moderne Welt ausdrücklich und unmittelbar auf diese Tatsache hingewiesen. Der Zusammenbruch mythischer Anschauungen hat jeden imaginären Ausweg verschlossen. Nun bleibt nur noch die Möglichkeit, die grundlegende sexuelle Dualität und die konfliktgeladene Ergänzungsbedürftigkeit von Mann und Frau nicht gelten lassen zu wollen und wegzuleugnen, falls man sich mit den Tatsachen ganz und gar nicht abfinden kann.

In manchen teilweise verworrenen Bekundungen der sogenannten »sexuellen Revolution« äußert sich fraglos diese Haltung, die nicht mehr genau als Alibi zu bezeichnen ist, obwohl sich bestimmt etwas von einer heimlichen Flucht vor einer unerklärlichen Schuld darin findet.

Man wird nicht bestreiten können, daß in unserer abendländischen Zivilisation der Frau noch nicht der ihr zustehende Platz eingeräumt wird, der sie dem Mann gleichstellt. Darum erscheint es wirklich notwendig, eine echte Befreiung der Frau von der Vorherrschaft des Mannes zu erreichen. Diese durchaus logische Forderung nimmt manchmal beunruhigende Formen an. Manche Manifestationen und manche Manifeste der »Bewegung zur Befreiung der Frau« laufen geradezu darauf hinaus, entweder die Frau zu vermännlichen oder die fundamentale Notwendigkeit der Beziehung zwischen Mann und Frau zu verleugnen. Eines dieser Manifeste, das 1971 in einem Wochenblatt erschienen ist, redet eine deutliche Sprache: »Ich mache ein Kind, wenn ich dazu Lust habe...« – »Ich mache ein Kind, wenn die Gesellschaft mich und das Kind begünstigt...« Bislang konnte man in seiner Naivität annehmen, daß zum Kinderkriegen zwei gehören, und zwar nicht nur in der geschlechtlichen Vereinigung, sondern in einer existentiellen Beziehung. Genau das wird in dem fraglichen Manifest energisch bestritten. Man kommt nicht umhin, angesichts der leidenschaftlichen Reaktionen und der intellektuellen Ergüsse mancher Mitglieder dieser Bewegung an eine psychoanalytische Interpretation ihrer eigenen Persönlichkeit zu denken. Daß solche Reaktionen jedoch in kollektiver Form auftreten können, ist bezeichnend für das tiefe Unbehagen, das in unserer Zivilisation gegenüber der komplexen Wirklichkeit menschlichen Lebens besteht.

Auf männlicher Seite gibt es übrigens eine entsprechende Bewegung. Sie nennt sich kurioserweise »Homosexuelle revolutionäre Aktions-*Front*«. Unter dem Deckmantel durchaus legitimer Forderungen (nicht als Untermenschen oder Parias angesehen zu werden) wird auch hier gewissermaßen die grundlegende Beziehung zwischen den Geschlechtern nachdrücklich geleugnet. Einige Führer dieser Bewegung – die Verwendung des Modewortes

»Revolution« kennzeichnet deutlich die Verwirrung der Leidenschaft – bestätigen auf verblüffende Weise, wenngleich unwissentlich, die Einsichten Freuds über einen häufigen Zusammenhang zwischen Homosexualität und Geistesgestörtheit. Zweifellos drückt bei manchen der Betroffenen die grundlegende Unfähigkeit, *auf den anderen einzugehen,* eine tiefe Angst aus, die sich durch Erlebnisse, die ihnen während der Kinderzeit widerfahren sind, geheimnisvoll eingeprägt hat.

Gegenüber der entscheidenden Frage der Sexualität gibt es wenigstens zwei Arten von Alibis. Das Alibi der Engelhaftigkeit nimmt die Sexualität gar nicht zur Kenntnis. Das Alibi der »sexuellen Ansprüche« führt paradoxerweise dazu, daß zwar nicht die Sexualität, wohl aber ihr wesenhafter Beziehungs-Charakter geleugnet wird.

Es wäre leicht, aber zweifellos zu einfältig, diese verschiedenen Bewegungen auf eine »Freudsche« Begrifflichkeit zurückzuführen, mit der man alle Fragen lösen könnte. Beobachtet man aber ein wenig die Reaktionen und die Form ihrer Äußerung, wird eines klar: die Auflehnung gegen die »Gesellschaft« oder gegen die »Oberhoheit des Menschen« offenbart bei ihren eifrigsten Verfechtern auf unmittelbar sexuellem Gebiet ein tiefes Unbehagen und das Fehlen des rechten Abstandes gegenüber Mutterbild und

Vaterbild. Damit ist übrigens gar nichts erklärt. Die Frage der von *Natur* aus vorgegebenen Dualität der Geschlechter bleibt einfachhin offen und wird zu einem bevorzugten Ort der Angst. Man kann sie weder unterdrücken, noch lösen. Man kann sich aber fragen, warum diese Angst heutzutage in Gestalt des Alibis der »Befreiung« auftritt, die doch nur eine heftige Flucht vor der Wirklichkeit ist. Darüber werden bestimmt noch manche Hypothesen aufgestellt werden, um sich dann, eine nach der anderen, als unbefriedigend zu erweisen ...

Sein oder Fortdauern?

Es gibt unbewußte Regungen des Heimwehs.
Im normalen Verlauf des Lebens – von Freud als »Psychopathologie des Alltagslebens« bezeichnet – sind Äußerungen des Heimwehs häufig anzutreffen. Da ist zum Beispiel eine Gedächtnislücke. Wir suchen ein Wort, das uns entfallen ist. Es »liegt uns auf der Zunge«, aber wir finden es nicht. Schon eine erste Analyse des Vorfalls zeigt, daß das gesuchte Wort durch eine scheinbar unlogische Bedeutungskette mit einem sehr alten Erlebnis verknüpft ist, das man sorgfältig verdrängt hat, weil seine Wiederkehr zu peinlich wäre.

Heimweh...

Im Wörterbuch von Robert finden wir als Herkunft für das entsprechende französische Wort *nostalgie* die griechischen Wörter *nostos* (Rückkehr) und *algos* (Schmerz) angegeben. Schmerz der Rückkehr.

Dieser Schmerz der Rückkehr ist seinem Wesen nach ambivalent. Im Falle der Gedächtnislücke handelt es sich um die Wiederkehr von etwas, das in sich unerträglich wäre. Dieses Etwas ist zum Glück verdrängt. Nun gibt es im Bereich des Unbewußten Fälle hartnäckiger Wiederkehr, die weh tun und ausgesprochen neurotische Reaktionen oder Verhaltensweisen hervorrufen. Dagegen ist übrigens niemand wirklich gefeit. Alles spielt sich so ab, als sei zu einer Zeit, in der klares Selbstbewußtsein und sprachliche Ausdrucksfähigkeit noch nicht herausgebildet waren, eine besonders weit zurückliegende Situation ungelöst geblieben. Diese ungelöste und daher lästige Situation besteht irgendwie weiter, und zwar in Form einer hartnäckigen unbewußten Wiederholung, deren Motiv im Dunkeln bleibt.

Hier handelt es sich um nichts anderes als den Wiederholungsdrang, dessen grundlegende und komplexe Rolle im Mittelpunkt des psychischen Lebens von Freud entdeckt und beschrieben worden ist. Ohne eigenes Wissen und Zutun reproduzieren wir einen Konflikt, der ungelöst tief in uns sitzt, irgendwie immer wieder, ohne ihn dadurch lösen oder den mit ihm verbundenen Schmerz beheben zu können, weil er nämlich aus den Anfangsgründen einer unwiederbringlichen Zeit stammt und darum in sich unlösbar ist. Daher darf eine echte Psychotherapie nicht versäumen, in dem durch diese buchstäblich ungelegene *Wiederkehr* mehr oder minder verstörten Patienten die Fähigkeit zu wecken, so klar wie möglich seine Vergangenheit als wirklich *zu ihm gehörig* anzuerkennen und zugleich als endgültig *vergangen und vorbei* anzusehen, auch wenn sie ungelöste Konflikte mit sich gebracht hat.

Natürlich bleibt dieser Wiederholungsdrang nicht auf das unbewußte Leben beschränkt. Sobald wir nur ein wenig darauf achten, begegnen wir ihm im alltäglichen Leben auf Schritt und Tritt. Oftmals denken wir mit wachsendem Bedauern an ein zurückliegendes Ereignis. Man möchte dieses Geschehen gerne irgendwie wiedererleben. Unser Empfinden gegenüber diesem Erlebnis ist dann zutiefst zwiespältig. In die Freude der Erinnerung mischt sich die Trauer, daß nur noch Erinnerungen übrig geblieben sind... Das ist der geläufige Sinn des Wortes »Heimweh«.

Ich erinnere mich beispielsweise an eine wunderbare Reise nach Florenz, die ich vor einigen Jahren mit guten Freunden unternommen habe. Unwiderstehlich drängt sich mir der Gedanke auf, diese Reise zu *wiederholen.* Warum mischt sich in die Erinnerung dieser Wunsch nach dem neuen Erlebnis? Welcher gegenwärtige *Mangel,* der mit der eigentlichen Erinnerung in unbewußtem, komplexem Zusammenhang steht, läßt diese Erinnerung so schmerzlich aufleben und als gegenwärtigen Mangel spürbar werden? Welche zweifellos unbefriedigende augenblickliche Situation ruft in mir diese Fülle an Phantasievorstellungen hervor, aus denen ich, um ehrlich zu sein, instinktiv alle schwierigen oder sogar unangenehmen Erinnerungen fernhalte, die zwangsläufig mit dieser Reise auch verbunden gewesen sind?

Einmal angenommen, ich könnte mit denselben Freunden die gleiche Reise nach Florenz noch einmal unternehmen, dann kann das natürlich niemals *dieselbe* Reise sein, und wir laufen alle Gefahr, schrecklich enttäuscht zu werden. Vielleicht würde dieser Versuch sogar die seit damals bestehenden freundschaftlichen Bande stören oder zerbrechen.

Was bedeutet nun dieser Wiederholungsdrang, den Freud als »jenseits des Lustprinzips« beschreibt? Es geht darum, ein früheres Erlebnis bewußt oder unbewußt *wiedererleben* zu wollen. Ob ein Konflikt gelöst oder eine Freude wiedererlangt werden soll, immer richtet sich das Streben darauf, etwas Vergangenes zu erleben. Genau genommen heißt das: etwas Totes erleben. Andererseits entspricht dieses Streben einer instinktiven vorläufigen Abwehr aller Bewegung und Veränderung, die ja gerade das Wesen des Lebens ausmachen. Es geht gleichsam darum, in dem Maße zu *sterben,* wie man die Fortdauer aufheben möchte. Nicht umsonst wird das »Wiederholungsprinzip« in der einen oder anderen Weise mit der Vorstellung eines Todesdrangs oder eines Todestriebes in Verbindung gebracht. Man darf sich hier aber nicht von den Begriffen irreführen lassen. Es geht nicht um ein Streben nach dem »Tod schlechthin«, sondern nach »*Leben trotz des Todes*«. So erscheint im Lichte der Freudschen Entdeckungen der wesenhafte Widerspruch zwischen Bewußtsein und Streben einerseits und ihrem Vollzug im unerbittlichen Zeitablauf andererseits.

Ein anderer Aspekt dieses Wiederholungsdrangs möchte das Denken dazu bringen, etwas absolut Unfaßliches zu erfassen. Zweifellos kommt dieser Drang beim Säugling vor, mindestens in den ersten Wochen. In analoger aber angemessener Sprechweise könnte man ihn hier als Heimweh nach der Rückkehr in den Mutterschoß bezeichnen. Er gehört zu den völlig unbewußten Anfängen der Faszination des Ursprungs – ein Thema, das gleichsam die Frage nach dem Menschen beherrscht. Vor dem Mutterschoß gab es *nichts.* Hier kommt die begriffliche Sprache buchstäblich nicht mehr mit. Wie soll man auch diese Erfahrungswirklichkeit ausdrücken, daß wir alle – gerade als mit Bewußtsein begabte Wesen – in unserem klaren Bewußtsein und im Unbewußten von unserer vorgängigen Nicht-Existenz fasziniert werden?

Zwischen dem ersten Ereignis unserer Geburt und dem zweiten Ereignis unseres Todes besteht eine Entsprechung: diese beiden Ereignisse bilden die festen Punkte unserer persönlichen Geschichte. Beide haben außerdem gemeinsam, daß sie uns unerbittlich vor das absolut Unerforschliche stellen. Die Erkenntnisse der Biologie und der Genetik erlauben heute die Feststellung, daß wir in gar keiner Weise existieren, bis wir durch die Verschmelzung von Samenzelle und Eizelle und die Wanderung und Einnistung des Eies unseren Anfang nahmen. Davor liegt wirkliches *Nicht-Sein*. Dann habe ich zu sein begonnen. Am anderen Ende der so begonnenen bewußten Lebensdauer wirft wieder etwas Unerforschliches seine Fragen auf, allerdings auf ganz andere Weise. Wie oben dargelegt, zeigt die aufmerksame Beobachtung des Wiederholungsprinzips die absolute Unverträglichkeit zwischen lebendigem Bewußtsein und Streben einerseits und dem Gedanken des Aufhörens andererseits. Der Lebensdrang nimmt keine Rücksicht auf den zeitlichen Ablauf des Daseins. Einen Todesdrang gibt es nur im Hinblick auf die Zeitlichkeit; tiefer aber ist der Drang zu leben, als ob man der Vergänglichkeit enthoben wäre. Darum ist das konkrete Menschenleben reich an Konflikten.

Die Konflikte werden dadurch noch vermehrt, daß dieses widerspruchsvolle Problem des »Ich« und seiner Zeitlichkeit gleichzeitig oder nacheinander in unbegrenzter Wechselseitigkeit zwischen allen Menschen auftritt. Jeder von uns kann zu mehreren anderen sagen: »Ich kann nur leben, wenn du stirbst.« Das ist beispielsweise der symbolische Sinn des ödipalen Konflikts. Aber dieser Satz ist umkehrbar. Viele »andere« können mir dasselbe sagen. Für unser Bewußtsein vom Ablauf unseres eigenen Daseins kann man keinesfalls das Aufhören dieser Lebensdauer mit dem strengen Begriff des Nichts gleichsetzen. Die Sprache bringt das auch gar nicht fertig. Man sagt zum Beispiel: »Ich glaube, nach dem Tod *gibt es* nichts mehr.« Dieses »es gibt nichts« ist offensichtlich keine feste Aussage, sondern eine rein subjektive Annahme. Wenn man wirklich aufrichtig sein will, muß man zugeben, daß wir darüber *nichts wissen*. Ein berühmtes Wort des Pfarrers von Ars enthüllt übrigens den unvermeidlichen Widerspruch unserer Redeweise: »Wenn es nach dem Tode nichts mehr gibt, bin ich schön hereingefallen...« Wenn es nach dem Tode nichts mehr gibt, muß ich – so wird hier vorausgesetzt – *dasein,* um es festzustellen.

Diese unaufhebbare Dialektik zwischen dem Seinsbewußtsein und dem Aufhören der Lebensdauer – sie ist, wie Freud nachgewiesen hat, eng mit der Sexualität verbunden – bildet den Mittelpunkt des allgemeinen menschlichen Unbehagens. Kein Wunder, daß die Menschen überall und zu allen Zeiten ihre Zuflucht zu Alibis nehmen. Da ist das Alibi der Mythologie: die Vorstellung einer idealen »zukünftigen Welt«, die auch wieder nur in zeitlicher Erstreckung gedacht werden kann, aber kein Ende zu nehmen braucht. Oder die Mythologie der modernen Welt: der Fortschritt der Wissenschaft, die Errungenschaften der Technik und die wirtschaftliche und soziale Revolution ermöglichen die Abschaffung des Todes, beseitigen dadurch den entscheidenden Konflikt und führen eine ideale Lebenszeit ohne Ende herauf.

Die Wende am Ende des zwanzigsten Jahrhunderts, die wir gerade durchleben, wird dadurch gekennzeichnet, daß diese beiden Alibis ausweglos zusammenbrechen. Wir wissen zum Beispiel genau, daß alle herkömmlichen Vorstellungen von »Paradies« und »Hölle« ausgesprochen mythisch sind, das heißt Darstellungsweise und nicht Glaubensgegenstand. Übrigens zerbricht zugleich damit die Illusion des Menschen, er besitze souveräne Macht über seine inneren Widersprüche. Der wohlmeinende Traum einer »klassenlosen Welt«, den jede Revolution einmal hochspielt, erweist sich angesichts aller Versuche zu einer ansatzhaften Verwirklichung als schrecklich unrealistisch. Der Traum von des Menschen Macht über sein Altern und seinen Tod erscheint der modernen Wissenschaft als so außerordentlich kindisch, daß man sich bisweilen fragt, ob frühere Generationen wirklich daran haben glauben können. Die aufsehenerregenden Fortschritte auf dem Gebiete der Therapie sowie erfolgreiche Wiederbelebungsversuche haben einzelne Situationen geschaffen, wo dieser Widerspruch zwischen dem menschlichen Bemühen und der Begrenztheit des Lebens in wahrhaft dramatischer Weise sichtbar geworden ist. Nehmen wir als Beispiel das Problem eines tiefen Komas. Manchmal wird da ein Mensch, dessen Tod klinisch feststeht, stundenlang künstlich am Leben gehalten, um die Entnahme eines lebensfähigen Organs, etwa des Herzens, zu ermöglichen. Manchmal spricht alles dafür, daß ein Mensch nach einer gewissen Zeit aus seinem Koma erwacht und wieder ein fast normales Leben führen kann. Zwischen diesen beiden extremen Fällen, die relativ eindeutig sind, gibt es eine ganze Skala von manchmal geradezu beängstigenden Situationen. Muß man wirklich Menschen, die zwar noch nicht ganz tot sind, aber zweifellos kurz vor dem Sterben stehen, mit überaus komplizierten Mitteln, die manchmal zur Quälerei werden, diesen unsicheren Rest von Leben erhalten? Das zumindest in dieser Form neue Problem, aus therapeutischen Gründen mit gewetztem Messer auf das Ableben eines Menschen zu warten, enthüllt nachdrückliches Unbehagen des modernen Menschen angesichts der Offenbarung seiner Machtlosigkeit gegenüber dem Ende des Lebens. Dies geschieht unter den Augen der großen Öffentlichkeit, die mit diesen Fragen mehr oder minder vertraut ist. Die Spezialisten der Wiederbelebung, die dauernd mit Situationen dieser Art konkret konfrontiert werden, mühen sich um Lösungen, ohne sich von den verschiedenen Ideologien beeindrucken zu lassen. Aber diese Konfrontation führt sie oft zu Meinungen und Überlegungen, die weit über die Grenzen ihres eigenen Fachgebietes hinausreichen.

Alibi der Politik und der »Religion«

Hier paßt wieder das oben erwähnte surrealistische Schlagwort: »Verbieten verboten.«

Die Biologie und die dynamische Psychologie zeigen, daß Leben nur entstehen kann, wo wiederholte, aber wohlgeordnete Verbote auf dem Wege der Auslese eine lebendige Strukturierung ermöglichen, wie beispielsweise Jacques Monod nachgewiesen hat. Ein konkretes Beispiel aus dem Gebiet der Psychologie: müßte ein Kind ohne jedes Verbot von seiten seiner Umgebung aufwachsen, würde es schon in den ersten Wochen sterben. Seit den Forschungen von Lévi-Strauss weiß man auch, daß ohne vorgegebenes Inzestverbot keine wirklich menschliche Gesellschaft entstanden wäre. Die Abschaffung aller Verbote ist gleichbedeutend mit dem Tod.

Nun geht es aber um das Leben, und zwar um das Leben in Gemeinschaft. Es handelt sich darum, in unserer Zeit auf diese oder jene Weise – im Sinne der Traditionen oder gegen sie – das konkrete Leben der Menschen so zu organisieren, daß es möglichst undramatisch und einigermaßen erträglich abläuft. Das bezeichnet man, grob gesagt, als *Politik*, verstanden als Wissenschaft von der Organisation und Regierung einer beliebig großen menschlichen Gesellschaft. Politik in diesem Sinn erscheint heutzutage sehr oft als neue Gestalt des Alibis. Liest man mit der gebotenen Zurückhaltung alle die begeisterten, spektakulären Erklärungen, Beteuerungen und Versprechungen der verschiedenen Politiker, von welcher Seite sie auch kommen mögen, ist alles sonnenklar. Jeder verfügt durch das von ihm (vorausgesetzt, er ist aufrichtig...) erwählte System über Mittel und Wege, *hienieden* nach einer gewissen Bemühung die ideale Welt zu schaffen, von der wir doch wissen, daß sie reines Trugbild ist. Es wäre wirklich ein magisches Geschehen wie die Quadratur des Kreises, die durch Ordnung und Wechsel entstehenden Konflikte zu beseitigen, da sich doch aus ihnen das Leben entfaltet, wie das Wiederholungsprinzip für den Bereich der menschlichen Psychologie beweist.

Ein neues Alibi, um – wie Dr. Lacan sagen würde – die Kluft zu verdecken und die dornige Frage zu verwischen, weil man keine Antwort auf sie weiß. Die Umgestaltung der »Politik« zum ideologischen Alibi scheint mit dem Auftreten der modernen Zivilisation im Laufe des achtzehnten Jahrhunderts zusammenzufallen.

Nunmehr erhebt sich auf zweifellos ganz neue Weise die Frage nach einer *anderen Welt*.

Damit geht man ein beträchtliches Risiko ein, weil die Versuchung zum Alibi hier viel näher liegt als irgendwo sonst. Das Imaginäre kann leicht zur Falle werden, wenn man so vorangeht, daß auf die eine oder andere Weise die Wirklichkeit des Todes nicht mehr als radikaler und absoluter *Bruch* erscheint.

Kein Zweifel, daß eine gewisse Form etablierten Christentums, wie man sie vielleicht häufiger in der katholischen Kirche als anderswo antrifft, ein erstes Alibi errichtet oder zu errichten Gefahr läuft. Diese Kritik wurde vor allem im neunzehnten Jahrhundert gegen die »Religion« vorgebracht, wie sie oft von ihren Verfechtern vorgelebt wurde. »Religion« wurde als *Opium für das Volk* bezeichnet, das heißt sie wurde für eine wirksame Methode zur Besänftigung jeder bedrohlich werdenden Unruhe gehalten. Zweifellos war diese zu Recht vorgebrachte Kritik sehr ernst zu nehmen.

In unserer westlichen Welt, wo sich das wirtschaftliche, soziale und politische System in vollem Wandel befand, setzten die herrschenden Schichten natürlich alles daran, Macht und Einfluß in der Hand zu behalten. Dieses Verhalten war Teil eines spontanen Selbstverteidigungsreflexes. Nach Lage der Dinge lief das Ganze aber durch die schnelle Entfaltung der industriellen Gesellschaft auf einen Zustand ungeheuren Unrechts und neue Formen böser Versklavung hinaus. Diese nicht zu bestreitende Tatsache ist schon oft genug hervorgehoben worden. Eine tiefgreifende und radikale Umformung der Grundstrukturen der Gesellschaft erschien immer dringlicher, gleichviel ob man sie durch methodischen Fortschritt verwirklichen wollte oder auf dem Wege einer ausgesprochenen Revolution herbeiwünschte.

In dieser immer schwieriger werdenden Zwangslage stützten sich die herrschenden Schichten, um ihre Stellung zu halten, offensichtlich auf die »Religion«, obwohl der »Atheismus« ständig im Wachsen war. Zweifellos handelte es sich eher um einen *Antiklerikalismus* (nämlich um den Protest gegen den

Anspruch der »Kleriker« und der geistlichen Amtsträger, letztes Wissen und folglich Macht zu besitzen). Auf die Gefahr hin, zu stark zu vereinfachen, kann man die Vorgänge folgendermaßen darstellen. Um die bedrohliche Unruhe der neuen Sklaven-Klasse zu besänftigen, predigten die herrschenden Schichten eine Art Resignation: »Man kann die Welt nicht verändern. Das ist die Folge der Erbsünde. Aber habt Geduld. Der Tod wird kommen, und ihr werdet in das Himmelreich eingehen.« Mit anderen Worten: »Von irgendwelchen Veränderungen kann gar nicht die Rede sein. Das wäre viel zu umständlich. Glaubt nur nicht, ihr Unglücklichen, daß wir für euch Opfer bringen, damit ihr besser leben könnt. Ihr werdet dort oben getröstet werden...«

Dieses »Oben« – darauf muß in diesem Zusammenhang unbedingt hingewiesen werden – wurde mythisch verstanden, das heißt als eine imaginäre ideale *Zeit* und eine »bleibende glückselige Welt«, während die Wissenschaft sich gerade anschickte, diese Vorstellungen allmählich als reine Trugbilder zu entlarven.

Daß eine solche »Religion« immer mehr als widerwärtig, unzumutbar oder lächerlich empfunden wurde, wird kaum jemanden verwundern. Eine Frage aber bleibt mir absolut rätselhaft: Wie konnten diese »wohlmeinenden« offiziellen Katholiken ihre Vorstellung – die ich im großen und ganzen für aufrichtig halte – mit einer aufmerksamen, genauen Lektüre des Evangeliums in Einklang bringen, zumal sie die Schriftlesung doch so wichtig nahmen? Wie konnten sie in ihrem Leben eine sogenannte christliche »Religion« verwirklichen, die den unaufhebbaren Forderungen der Gerechtigkeit und der Liebe als dem wesentlichen Kern der Botschaft Christi und dem erschütternd ernsten Urteil über die »bösen Reiche« so direkt widersprach?

In entsprechender Weise nahm vor allem im Laufe des neunzehnten Jahrhunderts ein anderes Alibi Gestalt an, dessen Ausdrucksformen sehr verschieden waren und sind. Während die Religion allzu oft als Alibi herhalten mußte, um notwendigen Revolutionen aus dem Wege zu gehen, diente eine andere – diesmal atheistische – Form des »Messianismus« dazu, das unlösbare Grunddrama menschlichen Daseins zu verdecken. Auch hier sollte ein Trugbild die Risse unsichtbar machen. Man träumte ebenfalls von einer glückseligen, idealen Welt, deren *Dauer* man sich als von jeglichem Ende unbedroht ausmalte. In gewisser Weise trifft sich diese Vorstellung mit dem Alibi der »mythischen Religion«. Die *wirkliche* Frage des Todes, insofern sie den absoluten, unaufhebbaren Widerspruch zwischen Bewußtsein und Zeitlichkeit enthüllt, wird jedenfalls umgangen. Von unserem Standort aus, das heißt, soweit das Dasein unserer Erfahrung, Erforschung und Überlegung zugänglich ist, erscheint dieser Weg buchstäblich absurd. Schon aus einfacher biologischer Sicht ist die Vergänglichkeit das Wesen der Zeitlichkeit. Gleichviel ob man dafür »Himmelreich« oder »klassenlose Gesellschaft« sagt – die Hoffnung auf eine Welt mit einer imaginären unbegrenzten Dauer ist nur die Fortsetzung eines Alibis in höchster Vollendung.

Das Unbehagen unserer abendländischen Zivilisation rührt daher, daß dieses letzte Alibi zusammenbricht. Die Vorstellung einer »zukünftigen Welt« als ideale Fortsetzung einer hierarchisch aufgebauten Christenheit erweist sich eindeutig als mythische Glaubensaussage, wie allerdings auch die Vorstellung einer »zukünftigen Welt« nach Art kommunistischer Träume gleichfalls als mythische Glaubensaussage erkennbar wird. Zweierlei ist wohl für unsere Epoche bezeichnend: eine tiefe *Verzweiflung*, weil diese Glaubensinhalte sich als Illusion entpuppt haben, und die unerbittliche Konfrontation mit der bisher durch diese Alibis verschleierten Frage.

Man muß aber auch sehen, daß diese Frage schwer zu ertragen ist, so daß man unablässig immer wieder auf solche Alibis in je verschiedenen Ausdrucksformen zurückgreift. Dies muß man im Auge behalten, wenn in der allgemeinen

Unrast die Gestalt und Person Jesu Christi auf verschiedenste Art besondere Beachtung findet, weil sie genau die Mitte unserer Angst und Verzweiflung trifft. Auch hier lauert beständig die Gefahr, daß daraus ein mythisches oder ideologisches Alibi wird.

Wenn man den christlichen Glauben von seinem gesamten Überbau und von allen seinen philosophisch-theologischen Verzerrungen befreit, besteht sein wesentlicher Kern im Glauben an das Wort einer historischen Gestalt mit Namen Jesus, die sich als Mensch und zugleich als über alle Zeitlichkeit erhaben ausgab und wörtlich sagte: »Wer an mich glaubt, hat das Leben, und ich werde ihn auferwecken am Jüngsten Tage.« Seine Jünger berichten, daß sie die nicht unmittelbar aussagbare Erfahrung gemacht haben, ihn *lebend* zu sehen, obwohl er gestorben war und sie selbst seinen Untergang miterlebt hatten.

Hier kommt die Frage der »Auferstehung« ins Spiel. Sehr schnell wird deutlich, daß dies eine bevorzugte Stelle für das Wiederaufleben mythischer Vorstellungen ist. Wenn man nicht sorgsam darauf achtet, stellt man sich die von der Auferstehung erschlossene Welt zwangsläufig nach dem unserem irdischen Dasein zugrundeliegenden Raum-Zeit-Schema vor, allerdings unbegrenzt, und schon ist man wieder in mythische Glaubensvorstellungen zurückgefallen.

Die einzige Haltung, die uns vor der Versuchung, auf Alibis zurückzugreifen, bewahrt, wäre ein systematischer und methodischer Verzicht auf jegliche Vorstellungen – und folglich auch jegliche *Aussage* – über die durch den Tod erschlossene Welt.

Eine Frage drängt sich dem individuellen und kollektiven menschlichen Bewußtsein so stark auf, daß man ihr gern aus dem Weg gehen möchte. Darum ist es auch sehr schwer, sie zu formulieren. Im konkreten Gefüge der Geschichte der Menschen, einzeln und in Gemeinschaft, mischen sich auf schmerzlich widersprüchliche Weise flüchtige Erfolge mit Spannungen und Konflikten, mit Altern und Tod. Wenn nun das Ganze keinen Sinn hat und die Dynamik der menschlichen Geschichte nicht zum Ziele kommt, warum macht man dann mit diesem absurden Durcheinander nicht endgültig Schluß? Schon der bloße Gedanke, daß die moderne Zivilisation zum erstenmal in der Geschichte dem Menschen *wirklich* die Möglichkeit gibt, alles Leben auf der Erde auszulöschen, weckt eine kollektive Furcht und eine Art instinktiver Abwehr gegen etwas, das man als radikale, absolut unerträgliche Frustration empfindet. Wenn das Leben keinen Sinn hat, das heißt wenn es nicht zu einer restlos gelungenen Seinsweise führt – und davon kann nun wirklich nicht die Rede sein –, gibt es keinen ersichtlichen

Grund, warum man nicht endgültig damit Schluß machen sollte. An dieser Stelle beginnt übrigens die Flucht in das Alibi einer *zukünftigen* Welt, das heißt einer Welt in einer imaginären Zeit, mag sie nach Art kommunistischer Träumerei oder in der Weise einer als christlich ausgegebenen Mythologie gedacht sein.

Die einzige Haltung, die nicht in ein Alibi verfällt, scheint darin zu bestehen, den Tod voll und ganz als *Bruch* anzuerkennen. Wo es zu einem Bruch kommt, muß etwas vorausgegangen sein. Man kann nicht von einem Bruch und seiner Annahme als einer Leistung sprechen, wenn nicht eine wirkliche und echte Bemühung vorangegangen ist. Wenn man diese Bemühung unter dem Vorwand, ihr sei doch kein sichtbarer Erfolg beschieden, unterläßt, haben wir es nicht mehr mit einem Bruch, sondern mit einem Alibi zu tun. Ein Bruch bringt übrigens eine radikale Veränderung mit sich und schafft die Möglichkeit eines ganz neuen Stils und einer ganz neuen Seinsweise, die keinem Vergleich mit dem Bisherigen standhält. Andernfalls brauchte man nicht von einem Bruch zu sprechen, sondern ganz einfach von Ende und Aufhören.

Auf der Anerkennung dieses Bruchs müßte wohl ein christlicher Glaube aufbauen, wenn er sich von jedem mythologischen Alibi freihalten will. Der Glaube an das Kommen einer *anderen* unvorstellbaren Welt außerhalb unserer Zeitlichkeit, die auf uns zukommt und der wir in unserem Leben den Weg bereiten, ist die einzige Haltung, die nicht zu einer Flucht ins Alibi wird. Keine der beiden besonders bohrenden Fragen wird dadurch verschwiegen oder umgangen, weder das Unbehagen und der Kampf des irdischen Lebens, noch das lastende Problem jenes Bruchs. Dafür nur ein Beispiel: Wollte man sich den immerfort notwendigen Kampf gegen das sogenannte soziale Unrecht, das heißt gegen die böse Frucht der unserer Natur innewohnenden zwischenmenschlichen blinden Aggressivität mit dem Vorwand ersparen, das werde ja alles in der »besseren Welt« ausgeglichen, wäre das ein typischer Fall von Alibi, Ausflucht und Resignation. Aber nicht wahrhaben zu wollen, daß dieser Einsatz zur Aufdeckung von Unrecht und Unterdrückung auf Erden nur mit einer totalen Niederlage und einem Bruch enden kann, wäre ebenfalls nur eine Ausflucht ins Alibi. Gerade der unermüdliche Kampf gegen die in vielfältiger Gestalt unablässig wiederkehrenden Äußerungen des Unrechts und der Unterdrückung dient der *Vorbereitung* jenes Bruches, mit dem die Zeit aufhört und endlich die vollkommene Welt anbricht, die wir *erhoffen*. Auch darin liegt wieder die Gefahr eines Rückfalls ins Alibi, falls man der Versuchung nachgibt, sich diese kommende Welt auf irgendeine Weise vorzustellen.

Hier drängt sich ein Vergleich aus den

Anfangsgründen der Biologie auf. Für einen menschlichen Fötus – die Psychoanalyse bestätigt, daß jeder Fötus dies auch in je einmaliger Weise erlebt – bedeutet die Geburt einen typischen Bruch, der in einen völlig undurchschaubaren Bereich hineinführt und daher in gewisser Weise durchaus dem Tod entspricht. In unserem bewußten Erdenleben wird uns die Erfahrung der anderen Seite jenes Bruches zuteil, den wir in der Tiefe unserer anfänglich dunklen affektiven Regungen erlebt haben. Das Maß der Angst wird gleichsam im späteren Leben voll, wenigstens in seinen weitaus meisten persönlichen Erfahrungen, die man – übrigens sehr relativ – gern als »Normalfall« bezeichnet. Die Geburt ist als Vollendung eines Abschnitts und folglich als Bruch nur möglich, wenn der Embryo und später der Fötus durch autonomen Einsatz aller Mittel aktiv zum eigenen Wachstum und zur eigenen Vollendung beitragen und mithelfen, daß der tief und geheimnisvoll in ihre Erbanlage eingeschriebene Plan erfüllt wird. Die Geburt ist ein Bruch, das heißt eine ungeheure, zutiefst konfliktgeladene Anstrengung (das Leben ist wesentlich Kampf), deren geballte Kraft aufbricht und das Nachfolgende ermöglicht. Was nachfolgt, ist unser tägliches Leben, das die Erfahrung einer Vielzahl von Beziehungen bringt, die von ganz unbewußten Anfängen allmählich zu einer wenigstens großenteils gelingenden Selbsterkenntnis übergeht. Gerade in der Anstrengung und Anspannung dieses Wachstums, die unser Leben ausmachen, kündigt sich schon auf biologischem Gebiet an, daß diese Lebensdauer enden und ein neuer Bruch kommen wird.

Damit befinden wir uns in einer ganz ähnlichen Situation wie ein Fötus unmittelbar vor der Geburt, das heißt, wir haben nicht die mindeste Ahnung oder Vorstellung, was der vor uns liegende Bruch für uns bringen wird.

Könnte man die Geburt als Alibi für das Dasein im Mutterschoß bezeichnen? Verrät nicht die unleugbare Beharrlichkeit, mit der ein Kind, wie die Psychoanalyse nachweist, während der ersten Wochen gleichsam »in den Mutterschoß zurückkehren möchte«, allererste intra-uterine Äußerungen einer Art Flucht vor der Notwendigkeit der Geburt und damit den Versuch eines Alibis gegenüber dem bevorstehenden Bruch?

Müssen wir das konkrete Erdenleben als eine unzumutbare Belastung ansehen, die uns angesichts des Todes klein beizugeben zwingt? Das würde – um bei unserem Beispiel zu bleiben – der Haltung eines Fötus entsprechen, der sein eigenes Wachstum nicht mehr aktiv unterstützt, sondern wartet, bis die Geburt sozusagen von allein eintritt, und dann noch vor der Geburt plötzlich stirbt. Muß man das konkrete Leben und das konkrete Dasein auf Erden als etwas Endgültiges ansehen? Das wäre – um unser

Beispiel noch einmal aufzugreifen – der Haltung eines Fötus vergleichbar, der es ablehnt, seinen jetzigen Platz zu verlassen, um geboren zu werden.

Das Schweigen der imaginären Götter

Es ist überaus betrüblich festzustellen, daß in der westlichen Welt der Übergang von sakralen und monarchischen zu demokratischen Gesellschaftsauffassungen hier und da, und zwar fast gleichzeitig, zu viel repressiveren Diktaturen geführt hat, als es die vorangegangenen Regime waren. Es sieht ganz so aus, als habe der Mensch eine panische Angst vor den Anforderungen der Freiheit, nach der er selbst gerufen hat, so daß er bisweilen leidenschaftlich in das Alibi der Diktatur flieht. Man denke nur an Hitler in Deutschland, Stalin in Rußland, Mussolini in Italien, Franco in Spanien, Salazar in Portugal, gar nicht zu reden von der ziemlich naiv idealistischen und zugleich stark pragmatischen Ideologie, für die Amerika ein bezeichnendes Beispiel liefert. Liegt nicht – natürlich unter den verschiedensten Formen – eine der Versuchungen der modernen Welt in dem Alibi, die Frage nach dem Menschen auf ein rein politisches Problem zurückzuführen?

In einer psychotherapeutischen Behandlung kommt es oft vor, daß der Patient das Gespräch eine Zeitlang als Mittel benutzt, seine tiefsten und angstvollsten Fragen vor sich selbst zu verbergen. Das Schweigen des Psychotherapeuten bringt ihm den Sachverhalt allmählich zu Bewußtsein und leitet ihn an, sich, wenn er es schafft, seinen Fragen zu stellen. Dann merkt er, daß bestimmte Gespräche nur Geschwafel sind, wenn sie diesen Ausdruck der Umgangssprache gestatten, das heißt üppiger Wortschwall mit scheinbarem Zusammenhang, der aber doch nur dazu dienen soll, die eigentliche Frage zu verdecken, zu umgehen oder zu übertönen.

Ist die moderne Zivilisation nicht an dem Punkt ihrer Geschichte angekommen, in dem die Alibis in sich zusammenfallen?

Die Evangelien berichten uns, daß Jesus von Nazareth, als er in der Einsamkeit eines Gartens Todesängste ausstand, während seine Jünger schliefen, inständig den »Himmel« angefleht hat. Von irgendeiner Antwort des Himmels wird nichts gesagt. Erst nach dem Tod, so heißt es, bekommt alles Sinn und Bedeutung.

Die heutige Menschheit beginnt, nicht mehr länger auf das Alibi ihrer Reden hereinzufallen, so daß sie gleichsam dem »Schweigen Gottes« gegenübersteht.